KB081349

차 한 잔

그 안에 담긴 수많은 이야기

一叶茶千夜話(One Cup· A Thousand Stories)

Copyright ⓒ MiGu, 2022
First published in China in 2022 by China Light Industry Press Ltd.
Korean edition copyright ⓒ eMorning Books, 2023.
All rights reserved.
This Korean edition published by arrangement with China Light Industry Press Ltd.
through Shinwon Agency Co., Seoul.

一 叶 茶 千 夜 話

ONE CUP · A THOUSAND STORIES

차 한 잔

그 안에 담긴 수많은 이야기

미구咪咕 지음 | 조기정·둥팡후이董坊慧 옮김

이른아침

차의 길,
1만 리의 여정

신작 《차 한 잔, 그 안에 담긴 수많은 이야기(원제 一葉茶千夜話)》의 첫 관객이자 독자가 될 수 있도록 본인을 이 다큐멘터리 및 이 책의 원고 감수 전문가로 초대해주신 출판사에 우선 감사드린다. 2021년 진행한 BBC의 이 다큐멘터리와 이 책의 내용 감수 결과를 간단히 정리하면 다음과 같은 네 가지 특징이 있다고 하겠다.

첫째, 대표성이다. 이 다큐멘터리는 대표적인 차 종류인 서호용정, 호주(湖州)의 당대자순차(唐代紫筍茶), 무이산의 정산소종, 복정백차, 일본의 말차, 아프리카 말라위의 차, 그리고 인도의 홍차 등을 포괄하고 있다.

둘째, 광범위성이다. 이 다큐멘터리는 순수한 형태의 차 음료는 물론 블렌딩 티, 차와 음식의 결합을 추구하는 티 페어링, 차 드링크 등 다방면에서 관련 주제와 이야기를 기록하고 소개하며, 촬영 대상에 있어서도 연령 및 세대에 구애되지 않고 차와 차 문화의 광범위함과 다양성을 잘 반영하고 있다.

셋째, 국제성이다. 이 다큐멘터리는 중국, 말라위, 조지아, 일본, 인도, 뉴질랜드, 미국, 아랍에미리트 등 전 세계의 많은 차 생산국과 소비국에서 촬영되었으며, 차가 이미 세계적인 건강 음료로서 전 세계인의 사랑을 받고 있음을 충분히 반영하였다.

넷째, 엄격성이다. 이 다큐멘터리는 현장 촬영을 통해 각 주제와 관련된 대표적 인물의 뒷이야기와 그 인물의 성품까지 기록하고 전파하되, 그 내용에 있어 엄격성을 잘 유지하고 있다.

이 다큐멘터리의 방영과 이 책의 출판을 통해 전 세계 더 많은 이들이 차를 사랑하게 되고, 차로 인하여 더 부유하고 아름답고 건강해지기를 간절히 바란다.

두유잉(屠幼英)
2022년 2월 6일 항저우에서

6대륙
13개국을 돌다

차는 중국이 세계에 선물한 가장 진귀한 보물이다. 차는 중국 문명의 뚜렷한 흔적을 지니고 있으며, 천 년이 넘는 역사적 전통을 가지고 있고, 또 대대로 전해지는 생활방식이 되었다.

다큐멘터리 〈차 한 잔, 그 안에 담긴 수많은 이야기(원제 One Cup·A Thound Stories)〉 시리즈를 제작하는 동안 우리는 차 자체에서 출발하여 심상치 않은 이야기들을 만났다. 이 이야기들 속의 등장인물은 평범한 차농, 존경받는 제다 명인, 영향력 있는 품평사, 그리고 대담하게 신사업을 개척한 차 산업의 선구자 등이었는데, 모두 차를 위해 평생을 바친 인물들이기도 했다. 우리는 이들의 이야기를 통해 차의 역사와 문화를 탐구하고, 현대사회에서 차가 가질 수 있는 역할을 재정립해 보려고 시도하였다. 동시에 지금까지 중국차가 어떻게 다른 나라에 영향을 미쳐 세계 다른 지역의 생활방식을 변화시켰는지 알아보고자 하였다.

실제로 다큐멘터리 〈차 한 잔, 그 안에 담긴 수많은 이야기〉는 성스러운 의식에서 예술 형식에 이르기까지, 또 차의 국제무역에서 현대 차 음료의 혁신에 이르기까지, 차의 변화를 깊이 있게 다룬다. 그리고 차가 어떻게 변화하는 시장과 새롭게 바뀌는 맛 및 개량된 기술에 응전하면서 새로운 미래를 개척하는지 다양한 각도에서 기록하고 있다.

이 차 서사시의 촬영을 위한 여정에서 우리는 단순히 차를 이해하고 찬미하는 데 머물지 않고, 구체적이고 사실적이며 감동적인 세계의 차 비전을 생생하게 묘사하려고 했다. 이를 통해 차가 어떻게 전 세계에 심원한 영향을 미치는지 그 영향력을 보여주고 싶었다. 이를 위해 우리는 윈난(雲南)의 고차림(古茶林)과 항저우(杭州)의 놀라운 다원을 비롯해 아름다운 중국 차구(茶區)를 함께 둘러보고, 아울러 중국 및 세계 각지의 수많은 차 전문가들과

인터뷰를 가졌다. 그 과정에서 우리는 에콰도르의 아마존 열대우림에서 시작하여 아프리카 말라위의 비옥한 산비탈을 지나 대서양에 있는 아소르스 군도에 이르기까지, 모든 곳에 신기할 정도로 짙은 차 문화와 다양하고 매혹적인 차 이야기들이 존재함을 알게 되었다.

그 결과 우리의 다큐멘터리는 차가 단순한 음료수보다 훨씬 더 많은 함의를 가지고 있다는 것을 실증적으로 보여줄 수 있었다. 차는 우리의 사회·생활습관·신앙·풍습을 형성하고, 또 사업 기회를 창조하여 경제 발전을 촉진한다. 이 중에서도 가장 중요한 것은 차가 사람들을 하나로 묶는다는 것이다.

차는 중국과 영국 두 나라 국민의 심성과 매우 닮아있다. 두 나라 국민은 모두 차를 열렬히 사랑하고, 오랜 음다 역사와 독특한 음다 전통을 가지고 있다. 그래서 우리는 그 풍부하고 번잡한 차와 차 문화를 함께 탐색하고, 차와 차 문화가 사람들의 삶에 어떤 영향을 미치는지 탐색했다.

중국인은 역사상 가장 먼저 차를 재배한 민족으로, 오늘날까지도 중국인들은 여전히 차에 대한 깊은 존경심을 지니고 있다. 우리는 중국에서 많은 곳을 촬영했는데, 1차로 차나무의 발원지라고 알려진 윈난성뿐만 아니라 푸젠성의 무이산과 저장성 항저우의 서호(西湖) 및 쓰촨성의 아미산(峨眉山) 등 여러 유명한 차 산지를 촬영했다.

우리는 또 중국 밖의 세계 각지에 전해지는 멋진 차 이야기도 발견하고 촬영했다. 코로나19로 촬영에 많은 어려움이 있었지만, 이 다큐멘터리의 촬영지는 무려 여섯 대륙 13개국에 걸쳐 있다. 다큐멘터리는 조지아에서 말라위까지, 교토에서 다즐링까지, 세계 곳곳을 누비며 비범하고 따뜻한 사람과 차의 이야기를 찾아내고 기록했다. 미국에서는 콜드브루 티에 대한 역동적인 창업 이야기를 찾아냈

고, 뉴질랜드에서는 첨단기술이 어떻게 차 생산 방식의 혁신을 이끌 수 있는지 살폈다. 하지만 가장 놀라운 것은 두바이 교외의 사막에서 시작된 이야기일 것이다. 이 사막에서는 차를 재배하지 않지만, 두바이는 이미 전 세계 차 무역의 중심이 되었다.

이처럼 세계 곳곳을 다니면서 우리는 차가 우리에게 문을 열어주고 창문을 밀어젖혀서 사람들의 삶을 들여다보게 한다는 것을 알게 되었다. 청두(成都)에 있는 오래된 찻집의 재스민 티 다예(茶藝)부터 마음을 감동시키는 몽골의 샤먼 의식까지, 말레이시아 웨딩 티의 기쁨으로 가득 찬 눈물에서부터 런던의 우아한 애프터눈 티까지, 세계 각지에서 차를 알면 바로 그 지역 사람들의 생활방식과 삶의 중심을 알 수 있었고, 또한 그들 나라의 역사와 문화도 알 수 있었다.

차는 이름 없는 영웅으로, 전 세계 수십억 명의 사람들이 평온과 즐거움을 느끼고 사교에 참여하여 즐길 수 있게 해준다. 역사와 문화의 변천으로 발생한 차의 영향은 이미 종교에도 스며들었다. 많은 이들에게 차를 마시는 것이 간단한 일상 의식의 필수품이 된 것이다.

다큐멘터리 〈차 한 잔, 그 안에 담긴 수많은 이야기〉에서 차는 사람들을 한데 모아 이 신기한 음료를 즐기게 하는 연결고리 역할을 한다. 오늘날 우리 세계에서 차의 영향은 진실로 조용하고도 심원하다.

총괄 프로듀서
매튜 스프링포드(Matthew Springford)

전 지구촌을 공포의 분위기로 몰아넣었던 코로나 19도 서서히 종말을 고하고 있다. 역자는 공포가 최고조에 달했던 2021년 8월에 42년의 공직생활을 마무리했다. 돌이켜보니 공직의 전반 20여 년은 중국과의 교류를 위해 동분서주했었고, 후반 20여 년은 차와 차 문화의 발전을 위해 노심초사했었다. 이를 증명이라도 하듯 전반기 건배 구호는 '중발나발(중국의 발전이 나의 발전이다)'이었고, 후반기는 '차발나발(차의 발전이 나의 발전이다)'이었다.

코로나19로 인해 중국과의 왕래가 자유스럽지 못하니 자연스레 SNS를 통한 소통이 일상화되었다. 중국에 교수로 재직하는 제자들과도 위쳇을 통해 수시로 소통했는데, 귀주대학의 두주안(杜娟) 교수가 차와 함께 최근에 출판된 책을 우송했다는 소식을 전해왔다. 〈일엽차천야화(一葉茶千夜話)〉라는 책이었는데, 놀랍게도 영국의 BBC가 중국과 합작해서 대형으로 제작한 차 문화 다큐멘터리 〈ONE CUP · A THOUSAND STORIES〉를 중국어로 엮은

책이었다. BBC 스튜디오의 제작진이 무려 3년에 걸쳐 6대륙 13개 국가의 각 지역을 돌며 제작한 30개의 이야기를 담고 있었다.

책을 받아본 순간 차와 차 문화의 발전을 갈구하던 필자의 가슴은 심하게 요동치기 시작했다. 평소에도 늘 낙후된 우리의 차와 차 문화의 발전을 위해서는 차를 소재로 한 영화나 드라마의 제작이 절실하다고 주장했기 때문이다. 멋진 차 문화 다큐멘터리를 국내에 소개하고 싶은 욕심에 번역을 위한 준비는 일사천리로 진행되었다. 우선 번역을 전공한 중국 유학생 둥팡후이(童坊慧)와 공동번역하기로 하고, 도서출판 이른아침의 김환기 대표께 중국경공업출판사와의 출판계약을 부탁했다. 마치 오랫동안 준비했던 것처럼 매사가 순조롭게 진행되었다.

2022년 5월 30일에 책을 손에 넣고, 7월부터 시작된 6개월 동안의 번역 대장정을 마무리하여 12월 4일에 원고를 출판사에 보낼 수 있었다. '불행의 발

전적 역이용'이라는 말이 있는데, 코로나19 때문에 오히려 번역에 몰두할 수 있었다. 마지막 작업으로 역자 서문을 쓰는데 갑자기 그립고 고마운 사람들이 떠올라 가슴이 먹먹해진다.

 만주벌판을 떠돌며 익힌 중국어를 어린 손자에게 가르쳐주시던 인자하신 할아버님과 없는 돈에도 자식 중국어 공부하라고 비싼 일제 녹음기를 사주신 존경하는 부모님이 맨 먼저 떠올랐다. 할아버님은 중국어와 인연을 맺게 해주셨고, 부모님은 중국어 공부를 가능하게 해주셨다. 강의와 연구에 몰두할 수 있도록 묵묵히 헌신한 사랑하는 아내에게도

무한히 감사하고, 무탈하게 자라서 나에게 큰 힘이 되어주는 사랑하는 아들과 딸에게도 고마운 마음을 전한다. 아울러 힘든 유학 생활에도 흔쾌히 번역에 동참해준 둥팡후이와 어려운 출판 여건을 무릅쓰고 기꺼이 출판에 응해주신 김환기 대표님께 감사드린다. 끝으로 온갖 어려움을 극복하고 귀중한 다큐를 제작해준 BBC 스튜디오와 이를 책으로 엮어주신 미구(咪咕)님께 감사드린다.

癸卯年 淸明節에 茶壽軒 三笑香室에서
역자를 대표해서 笑庵 조기정 삼가 씀

차 례

제1부

차에 대한 끝없는
사랑

삶을 빚다

생활에 스며들다

정신을 깨우다

제2부

세상 끝까지 전해진
힘

제3부

경계를 넘어서는
변화와 포용

차의 자손 더앙족의 쏸차

자오위위에(趙玉月)와 그의 아들 리옌쑤오(李岩所)는 중국 서남쪽 외진 구석에 사는 소수민족 더앙족(德昂族) 출신이다. 더앙족은 중국에서 현존하는 가장 전통적인 민족 중의 하나로, 대대로 윈난(雲南)과 미얀마 국경의 변방에서 생활해 왔다. 차는 더앙족이 가장 우러러 받드는 식물로, 세상의 모든 민족 가운데 오직 더앙족만이 자신들을 차의 자손이라고 믿는다. 그들은 차와 자신들이 천년 넘게 이어온 이 인연을 매우 자랑스럽게 생각한다.

더앙족은 세계에서 가장 먼저 차를 재배한 민족 중

의 하나이다. 하루의 고단한 노동 후에 진한 차 한 잔을 마시면 기운을 낼 수 있다. 이들은 차를 마시는 용도 외에 씹거나 심지어 약으로도 사용한다. 차는 더앙족의 사교 활동에서도 중요한 역할을 한다. 손님에게 차 한 잔을 권하며 환영과 축복의 인사를 전하고, 친척이나 친구를 방문할 때도 차를 선물한다. 친구를 식사에 초대하면 차 한 봉지를 싸서 빨간 실로 묶은 뒤 돌아갈 때 선물한다. 집집마다 그리고 마을 주변에는 어디든 차나무를 심는다. 아이들은 차나무 숲에서 놀고, 커플들은 차나무 숲에서 데이트를 하고, 노인들은 차나무 숲에서 산책을 한다.

Legend of TEA

아주 오래 전, 인류가 생기기 전, 102개의 찻잎이 하늘에서 날아왔다. 그 중 51개는 말쑥한 총각으로 변하고, 51개는 귀엽고 아름다운 처녀로 변했다. 50쌍의 총각과 처녀는 하늘로 날아가고 남겨진 한 쌍이 인간을 창조하였다.

* QR코드를 통해 인터넷에 접속하면 중국어로 된 동영상을 보실 수 있으며, 좌측의 내용이 해당 동영상을 옮긴 것입니다.(편집자 주)

찻잎을 따는 자오위위에와 아들

봄이 오면 더앙족은 신성한 봉차(奉茶) 의식을 준비한다. 이때 사용하는 차, 신령을 모시는 차를 만드는 방법은 더앙족 부족민 중에서도 소수의 사람만이 알고 있다. 자오위위에가 그중의 한 사람으로, 그녀는 몇 달에 걸쳐 아들과 함께 신을 위한 특별한 쏸차(酸茶, 신맛이 나는 발효차의 일종)를 만들 예정이다.

쏸차는 제다 과정에서 독특한 발효 방식을 적용한다. 이를 위해 우선 찻잎을 뜨거운 수증기로 쪄낸 뒤 식히고 비벼서 대나무 통에 꾹꾹 눌러 담고 밀봉하여 땅속에 깊이 묻는다. 이 과정은 보통 3~4개월, 심지어 반년 정도가 걸리기도 한다. 이 긴 시간 동안 찻잎은 일정한 온도를 유지하는 환경에서 점차 발효된다. 이런 독특한 발효 방식은 더앙족에 대대로 전승된 것이며, 차에는 독특한 신맛(酸味)이 생겨난다.

위조 과정

아들에게 유념하는 법을
지도하는 자오위위에

대나무통에 넣고 다지기

밀봉한 대나무통을
땅에 묻는다.

발효된 찻잎을 대나무통에서 꺼낸다.

찻잎을 돌절구에 찧는다.

얇은 차병으로 만든다.

대나무 통을 땅에 묻은 지 몇 달 후, 찻잎은 땅속에서 꺼내져 다시 빛을 보게 된다. 마지막 공정은 찻잎을 다시 깨우는 과정으로, 몇 시간 동안 찻잎을 거칠게 두드려서 차병(茶餠)을 만든다. 고대에는 운반의 편의를 위해 모든 차를 차병으로 만들었고, 14세기에 이르러서야 산차(散茶)를 만들기 시작했다. 꾹꾹 눌러서 납작하게 만든 쌴차 차병은 햇볕에 말린다.

차병을 작은 조각으로 자른다.

신성한 봉차 의식을 행하는 날이 되자 마을 사람들이 왁자지껄 한자리에 모이고, 자오위위에는 아들을 데리고 제물을 준비한다. 마을회관은 제단을 갖춘 신성한 공간으로 변한다. 봉차 의식 전체 과정에서 가장 중요한 순서는 신에게 쌴차를 바치는 것으로, 올해는 자오위위에가 아들과 함께 모든 더앙족을 대표해 신에게 차를 바친다. 더앙족은 차가 그들에게 생명을 주었다고 믿고, 차가 없었다면 애당초 더앙족의 오늘도 없었을 것이라고 믿는다.

신에게 차를 올리는 의식이 끝나자 온 마을 사람들이 이 신성한 차의 복을 나눠 받으려고 모여든다. 더앙족에게 차는 모든 것의 종점이자 모든 것의 시작이다. 마실 때마다 과거와 현재가 서로 연결된다.

봉차 의식

마음을 뒤흔드는 이 순간, 그들은 조상들과 마음이 통하고, 비법을 전수해주어 색다른 음료를 만들게 해준 조상들께 감사한다.

600만 년 전, 차나무는 아시아의 이 지역, 지금 더 양족이 사는 지역에 처음 나타났다. 차나무의 싱싱하고 연한 잎이 포식자로부터 안전한 것은 풍부한 차 폴리페놀과 카페인 덕이다. 카페인은 살충제의 일종이지만 거의 전 세계인이 이 잎의 독특한 맛에 매료되어 있다. 이런 신기한 잎이 독특한 음료로 변하자 수백 종의 서로 다른 차가 따라서 생겨났다. 차의 산지와 재배 방식, 제다 방법이 차의 다양성과 무궁한 변화를 만들어냈다.

의식이 끝난 후 차를 나누는 더양족 사람들

자오위위에(趙玉月) 더앙족 전통채색무늬비단 전승자

" 제가 어렸을 때, 그러니까 겨우 일곱이나 여덟 살 되었을 때부터 저는 할머니와 함께 차를 따러 다녔습니다. 이제는 아들에게 (차 만드는 기술을) 전수했죠.
더앙족은 찻잎을 매우 중요하게 생각합니다. 저는 어릴 때부터 노인들에게 차 만드는 이야기와 차를 마시는 더앙족의 전통에 대해 많은 이야기를 들었습니다. 중국과 미얀마의 더앙족은 모두 쏸차를 마십니다.

언제부턴가 정부는 더앙족의 전통문화유산과 관련된 일을 진흥하도록 우리를 독려했고, 우리 집에서는 더앙족의 전통채색무늬비단을 전시하기 시작했습니다. 점차 관광객이 늘어났는데, 다들 쏸차를 마셔보고는 몹시 좋다고 했어요.
저는 보다 나은 차 맛을 내기 위해 쏸차를 직접 만들기로 했습니다. 우리 어머니는 예전에 미얀마 양곤(Yangon)에 사셨는데, 어머니가 쏸차 만드는 것을 저도 여러 번 본 적이 있었습니다. 그렇게 기억을 바탕으로 직접 쏸차를 만들기 시작했고, 마침내 비법을 찾아냈습니다. 발효 방식을 제대로 파악하지 못하면 썩습니다. 발효가 잘되면 찻잎에서 향긋한 신맛이 나지요. "

리옌쑤오(李岩所) 자오위위에의 아들

" 더앙족은 차에 대한 애정이 깊습니다. 쏸차를 만들고 있을 때, 우리는 우리 조상들과 가까워져
서 그 시절로 돌아가 그들이 만들던 것을 같이 만들고 있다는 것을 느낄 수 있습니다. 저는 조
상들이 하늘에서 우리가 이 쏸차를 만드는 것과 우리의 전통문화를 보존하는 모습을 보고 있고,
우리가 점점 더 좋아지기를 축복할 것이라고 믿습니다. "

영원한 벗 차나무를 심은 부랑족

미얀마와 국경을 맞댄 중국 윈난(雲南)성의 징마이산(景邁山)에는 고차수(古茶樹) 숲 약 7,000헥타르(약 2,100만 평)가 대지를 덮고 있다. 이곳은 부랑족(布朗族)의 정신적 고향으로, 부랑족은 찻잎을 자신의 눈(目)만큼이나 귀중하게 생각하는 소수민족이다. 이곳에서 차와 차산(茶山)은 이 민족의 생활방식과 떼려야 뗄 수 없을 만큼 불가분의 관계를 맺고 있다. 부랑족은 집집마다 자기만의 차나무 숲을 가지고 있는데, 숲에 심은 첫 번째 나무를 차혼수(茶魂樹)라고 한다. 부랑족은 차를 따기 전에 반드시 이 차혼수에 제사를 지내고 기도를 드려야 한다. 사람들은 이 나무에 조상의 혼이 살고 있다고 믿는다.

윈난성 징마이산

2,000여 년 전, 부랑족 처녀 위니(玉呢)의 조상이 이곳에서 야생 차나무를 처음 재배하기 시작했는데, 이때부터 부랑족의 역사는 나무의 나이테와 함께 이어져 왔다. 이들이 처음 차와 인연을 맺게 된 이야기에는 부랑족 문화의 핵심, 나아가 이 민족의 정체성이 담겨 있다.

부랑족의 전설에서 아이렁(艾冷)은 부랑족의 숭배와 추앙을 받는 족장이었다. 한 차례 민족적 이주를 단행하게 되었을 때, 부랑족은 일종의 유행병에 감염되었다. 모두가 절망하고 있을 때, 한 노인이 근처의 나무에서 잎을 따 씹다가 머지않아 기적적으로 건강이 회복되었다. 그가 이 잎을 족장 아이렁에게 가져갔고, 아이렁은 모두를 데리고 가서 이 나무에 감사의 절을 올리게 했다. 그것은 하늘이 부랑족에게 내린 신물(神物)이자 생명의 나무였다.

이때부터 부랑족은 차와 유구하고 신성한 관계를 맺었다. 그리고 이 관계는 조상 아이렁이 남긴 다음과 같은 주문에 기초한 것이다.

찻잎 채취에 앞서 차혼수에 제를 올리는 위니

내가 너희에게 소와 말을 남겨주면 천재지변으로 모두 죽을까 두렵고,
너희에게 금은보화를 남겨주면 너희가 다 없앨까 두렵구나.
너희들에게 차나무를 남기노니,
자손 대대로 무궁무진하게 거두어들이도록 하여라.
너희는 눈(目)만큼 차나무를 아끼고 계승하고 발전시켜 대대로 전해야 한다.
결코 그것을 잃어버려서는 안 된다.

조상들의 당부가 차나무에서 계속 자라, 지금까지 차나무는 부랑족 의식주의 근원이
되고 있다. 부랑족은 이곳에 정착한 뒤 야생 차나무를 키우기 시작했는데, 다른 나무
와 조화를 이루어 공생하도록 했다.
부랑족은 역사상 최초로 차나무를 심은 민족으로, 이것은 종이에 기록된 역사일 뿐만
아니라 생생한 역사적 기억이다. 찻잎 따는 일이 부랑족 일상의 대부분을 차지하며,
맑은 날이나 비 오는 날이나 부랑족 사람들은 매일 몇 시간씩 찻잎 따는 일을 한다.

차를 따는 위니

숙성 중인 보이차

오늘날 세계 각지에서 많은 사랑을 받고 있는 보이차(普洱茶)는 바로 이 윈난성 부랑족이 처음 생산한 것이다. 보이차는 좋은 와인과 같이 시간의 맛이 가득하고, 시간이 지날수록 맛이 진해진다. 어떤 보이차는 심지어 100년 이상 오래된 것도 있다. 그 속에 침전된 것은 오랜 시간뿐만이 아니라 부랑족의 두터운 역사신앙이기도 하다.

부랑족 젊은이들이 '큰할아버지(大爹)'라고 부르는 쑤궈원(蘇國文) 장로(長老)는 부랑족 초대 족장의 직계 후손으로, 그만이 차혼차(茶魂茶)를 우리고 나눠 줄 수 있다. 차혼차는 이 부족이 공동으로 섬기는 800년 된 차혼수(茶魂樹)의 첫 잎으로 만든 차다.

부랑족의 정신적 지도자이자 족장의 직계 후손인 쑤궈원은 평생 부랑족의 전통을 보호하는 데 힘썼다. 그는 지금도 현지 가수들과 함께 〈부랑족의 노래〉를 젊은 세대에게 전한다. 이 노래는 아이렁이 부랑족 후손들에게 어떻게 차나무를 남겨주었는지에 대한 이야기를 담고 있으며, 부랑족 후손들에게 차나무를 경건하게 사랑하라고 당부한다. 노래의 가사는 이렇다.

오, 아이렁, 당신의 얼굴은 하늘보다 넓고,
당신의 마음은 땅보다 넓으니,
당신이 우리를 유랑생활과 작별하게 이끌고,
여기 남아 새로운 정착 생활 이루게 했네.
그 후 우리는 위대한 녹색 집과 정원을 만들고,
작은 나무집 옆 산에는 차나무 묘목을 심었네.
해가 지고 달이 뜨고,
구름 안개 걷히고 비와 이슬 내려서,
한 그루 차나무 묘목은 산기슭에서 비탈까지 무성하게 퍼졌네.
오, 밝은 봄, 온 산에 꽃이 피는데,
작은 차나무의 꽃은 은빛 꽃이고
큰 차나무의 꽃은 금빛 꽃이라네.

(하략)

차혼차가 완성된 날은 위니에게도 아주 특별한 날인데, 마을 노인들이 위니가 드디어 차혼차를 맛볼 때라고 결정했기 때문이다. 위니는 쑤궈원에게 감사의 인사를 올리고 천천히 차혼차 한 잔을 마신다. 이 의식은 위니와 그의 조상을 더욱 가깝게 연결하는 상징적 의미를 담고 있다. 그 전에 차혼차를 한 번도 마셔본 적이 없던 위니는 차에 담겨 있는 숲의 맛과 각종 들꽃, 나무, 대나무, 이파리의 향기를 섬세하게 맛보고 느낀다.

쑤궈원에게
차혼수에서 채취한
찻잎을 바치는 위니

차혼차를 마시는 위니

부랑족의 역사를 정리하고 있는 쑤궈원

쑤궈원(蘇國文) 부랑족 장로

이 차산에 대한 나의 애정은 이미 골수와 핏줄에 녹아들어 있습니다. 나는 저 산이 낳은 아이처럼 느껴집니다. 나는 차가 일종의 상품이나 이윤의 원천이라고는 생각하지 않습니다. 차는 부랑족의 영혼이고 정신이며, 우리 생활에 없어서는 안 될 필수품입니다. 우리의 차나무 숲은 수천 년의 역사를 지니고 있고, 우리 조상들이 남긴 자랑스러운 유산입니다. 사람이 숲을 사랑하고 차나무를 사랑하면, 숲도 사람을 사랑할 것입니다.

나는 이 옥토를 이 숲의 차나무들과 함께 전승해 나갈 것입니다. 반드시 그들을 돌봐야 하는데, 어떤 대가를 치르더라도 그들을 보호하고 후세에 전해야 영원히 소멸되지 않습니다.

나는 지금 우리 부랑족의 역사를 정리하고 있습니다. 누가 나에게 다 썼느냐고 물었는데, 나는 그럴 수 없다고 대답했습니다. 나는 내 후대의 아이들에게 계속해서 쓰도록 할 것입니다.

경전의 재발견 되살아난 고저자순 떡차

현재 중국 저장(浙江)성 고저산(顧渚山)의 작은 마을에서는 진귀한 전승 하나가 조용히 부활하고 있다. 이를 위해 인쭝(印宗) 법사는 지난 16년의 세월을 바쳤다. 아주 작은 떡차(茶餅)가 담긴 타임캡슐과 같은 차 상자 하나, 그것은 차의 성인으로 묘사되는 사람에 근접하고자 하는 법사의 평생 숙원과 노력을 상징한다. 그는 이 떡차 재현을 통해 '다성(茶聖)' 육우에게 더 가까이 다가갈 수 있다고 믿는다.

육우의 《다경》은 차의 역사를 영원히 바꾸어놓았

고, 중국이 차 문화의 발상지라는 지위를 굳건히 다져놓았다. 차의 재배·채취·제다·끓이기(煎煮) 등을 시적으로 묘사한 이 책의 내용은 인쭝 법사가 한 글자 한 구절 세심하게 따져보는 제다의 전범이다.

《다경》에 언급된 고저자순(顧渚紫筍)은 서기 8세기 중국 당나라 때 가장 사랑받던 차로, 매년 징발되어 공물로 바쳐졌는데, 때로는 그 양이 9.5톤이나 되기도 했다. 하지만 그 후 천년이 넘도록 아무도 이 차의 진정한 맛을 음미할 인연을 가질 수 없었다.

Legend of TEA

육우(陸羽)는 고아로 엄격한 승려에 의해 길러졌지만, 어린 나이에도 문화에 대한 관심이 불교의 계율이나 서적에 대한 관심보다 더 컸다. 그래서 그는 산문을 빠져나와 연극단에 들어갔다. 이후 그의 재능이 당나라 관리들에게 인정을 받게 되고, 그는 세 가지 중요한 하사품을 받았다. 흰 당나귀와 검은 소 각 한 마리, 그리고 책장이 그것이다. 그는 사방을 떠돌아다니며 문인과 선비들을 사귀고, 차를 맛보고 품평하며 다담을 나눈 끝에 세상에 무엇과도 견줄 수 없는 책 《다경茶經》을 썼다. 현재 인쭝(印宗) 법사가 전적으로 믿고 따르는 차의 고전이 바로 이 책이다.

1997년에야 자순 차병이 시험 삼아 만들어지기 시작했다. 이어 2006년에 젊은 인쭝 법사가 처음으로 고저자순 복원에 나섰다. 이때부터 그는 《다경》 속의 방법을 참고하여 천 번 넘게 복원을 시도했지만 모두 성공하지 못했다. 인쭝 법사는 2012년부터는 해마다 5~10근의 차만 만들고, 원료는 다른 산지의 찻잎을 사용했다. 그렇게 수많은 시도를 거치며 《다경》의 글자를 더듬고 모색한 끝에 인쭝 법사는 최근 드디어 방법을 찾았다고 느끼게 되었다. 이에 2018년 저장성 창싱(長興) 고저산의 자순차 찻잎을 처음으로 원료로 사용하여 《다경》에 나오는 제다법대로 차병을 시험 삼아 만들어 단번에 성공했다. 인쭝 법사가 보기에, 이번에는 육우가 그의 두 손을 빌려 차를 만든 것 같다고 한다.

이때부터 1년에 한 번, 육우와의 정신적 교감이 인쭝 법사로 하여금 고저산 산림 속으로 깊숙히 들어가 촉촉한 바위에 깊이 뿌리내린 야생의 자순차를 찾아보게 만들었다. 인쭝 법사와 제자 호우꺼(侯哥)가 당나라 때 세속에 구애받지 않고 신념대로 행동했던 은사문인(隱士文人) 육우의 발자취를 좇게 된 것이다.

고저자순 차병

차를 찾고 있는 인쭝 법사와 제자

"따고(采之) 찌고(蒸之) 찧고(搗之) 박고(拍之) 말리고(焙之) 뚫는다(穿之)."
《다경》에 기록된 제다 공정에는 계량화된 기준이 없다. 따라서 실제로
차를 만들 때는 항상 차의 상태를 주시해야 한다. 예를 들어 증청(蒸青)
을 끝낼 시기는 풀냄새가 꽃향기로 바뀌고 그 고즙(膏汁)이 나오려 하
지만 아직 나오지 않은 때이다. 경험과 직감에 의지해 시행착오를 거
듭하며 구체적인 방법을 모색할 수밖에 없다. 찻잎이 해마다 다르기
때문에 인쭝 법사는 매년 새로운 도전에 직면해야 한다.

따기

찌기

찔기

박기

말리기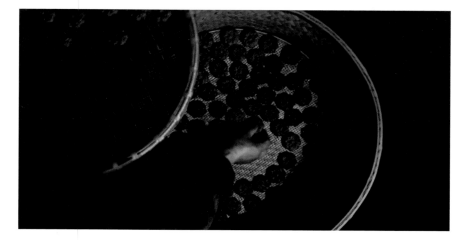

인쭝(印宗)법사

" 차는 저를 몹시 매료시켰는데, 쌉쌀한 찻잎 하나에도 수많은 문인이나 선승들의 정서와 문화가 담겨 있기 때문입니다. 저는 차를 즐겨 마시기 시작하면서 관련된 책을 보고 싶었는데, 첫 책이 《다경》이었습니다.
《다경》은 문학서로 볼 수도 있고 철학서로 볼 수도 있지만, 차를 만드는 우리 눈에는 백과전서로 보입니다.

저는 육우와 교연(皎然) 대사를 조사(祖師)로 존경합니다. 저는 제 머릿속에 육우의 형상을 새로이 그려 넣어야 했는데, 보통의 사람들이 〈육우전〉을 통해 갖게 된 육우의 이미지가 못 생기고 말랐으며 말을 더듬어서 말을 많이 안 하는 사람의 모습이었기 때문입니다. 그러나 육우 스스로는 자신이 뼛속까지 고결하고 자존심이 있다고 생각했던 것 같습니다.

그의 가장 큰 목표는 차 자체가 아니라 차를 도구로 삼는 것이었습니다. 처음에는 그가 차를 통해 나라에 힘을 보태고 싶었을 수도 있지만, 나중에는 오히려 차를 통해 깨달음을 얻고 수행을 합니다.

육우는 차에 대한 공헌의 면에서 필적할 만한 사람이 없습니다. 육우 전에 차는 연회석상에서 마시는 국물 한 그릇에 불과했는데, 안에다 고추·수유·소금·계피 등을 많이 넣어야 했습니다. 육우는 맑은 차를 마시자고 제창했고, 그때 이후에야 차는 비로소 제 이름에 걸맞은 정의를 갖게 되었습니다. 육우는 차의 성인입니다.

차 문화를 한껏 끌어 올린 사람이 바로 육우였습니다. 당시 많은 이들이 고급스럽고 비싼 다기를 사용했는데, 육우는 은솥이 당연히 좋고 깨끗하지만 너무 사치스러우므로 자기는 취하지 않을 것이라고 했습니다. 그가 추구하는 것은 차의 진면목이지 사치스러운 허영이 아니었습니다. 그는 도자기와 대나무 모두 다기로 충분하다고 말했습니다.

사람이 차를 만들지만, 우리의 실력이 차를 그렇게 뛰어나게 만드는 것이 아닙니다. 원래 차 자체가 뛰어난 것입니다. 저는 단지 가장 좋은 면으로 환원하려고 할 뿐입니다. 내가 차를 만드는 것이 아니라, 차가 저에게 어떻게 만드는가를 가르치고 있습니다.

차를 마시면 양 겨드랑이에서 살랑살랑 맑은 바람이 일어납니다. 저는 우리가 이런 차를 만드는 것이 당나라 때의 전통과 가깝다고 생각합니다. 완전히 같다고는 할 수 없지만 상당히 가깝다고 말이죠. 그런 차는 저를 매료시키는데, 이것은 단지 음료의 일종이 아니라 우리 몸의 일부가 되고 정신을 고양시킵니다.

사실 저는 육우와 닮은 점이 많은데, 육우는 자신이 차에 마음 편히 머물 수 있다는 사실을 발견했고, 저도 마음을 차 위에 머무르게 했습니다. 차는 무엇이고 나는 무엇이라고 말하기는 어렵습니다. 사실 차와 저는 떼려야 뗄 수 없는 사이여서, 내가 바로 차이고 차가 바로 나입니다. "

"차의 쓰임은 그 맛이 차서 그것을 마시기에 적합한 사람은 올바른 행실과 검소한 덕, 곧 정행검덕(精行儉德)을 갖춘 사람이다."

《다경》의 이 시적인 묘사에 의지하여 차를 만드는 것 자체가 하나의 예술이다. 문장은 다소 수수께끼 같으면서도 당나라 때의 고상한 운치를 드러내고 있고, 육우는 세상 사람들에게 마음을 다한 설명을 남겨준 셈이다. 그래서 해마다 인쫑 법사는 경전의 말씀을 실천하여 다성의 도에 최대한 충실하게 차를 복원하고 있다.

다도의식 준비

부순 차를 차맷돌에 붓는다.

차를 간다.

육우는 최고의 차로 야생 자순차를 꼽았다. 《다경》에 따르면 이 차는 차싹이 약간의 보라색을 띨 때 따야 한다. 차병을 뒤집는 시기는 가장 모양이 아름다울 때, 즉 타타르족의 가죽장화 주름 모양일 때다. 차병은 신생아처럼 세심한 관리가 필요하다.

그래서 인쫑 법사는 홍배할 때 차병들을 끝까지 지켜줘야 했다. 그만큼 전체 제다 과정에서 체력이 많이 필요하다. 2018년에 제다를 할 때는 8일 동안 6시간밖에 못 잤다고 한다. 그러나 배롱(焙籠)을 벗기는 순간 모든 수고를 잊어버렸단다.

찻가루를 차칙에 붓는다.

물을 끓여 차를 우린다.

차를 나눈다.

스님이자 육우의 벗이었던 당나라의 교연 대사는 차와 선의 관계, 그리고 '다도'의 개념을 최초로 제시하였다. 육우는 세상의 참다운 정의를 다도에 비유하여 '대도(大道)는 지극히 단순하고, 도와 법은 도처에 널려 있다.'고 보았다. 이런 가르침에 따라 인쭹 법사는 지인들을 초청해 산야에서 차를 시음했다.

말발(沫餑)

《다경》에 따르면, 차탕 표면의 거품, 즉 말발(沫餑)은 반드시 '대추꽃이 둥근 연못 위에 둥실둥실 떠 있는 것과 같아야 하고' 또 '물살이 살살 도는 연못의 물가에 갓 돋아난 부평초 같아야 한다.'고 했다.

다성 육우는 바람과 함께 돌아가고, 차나무가 무성하고 시드는 사이 천 년이 흘렀다. 《다경》이 후대에 끼친 영향도 천 년 동안 계속되어, 인쫑 법사는 오늘도 한마음으로 그 심원을 추구하고 있다.

차의 부름에 대한 응답 수제 재스민차의 향기

재스민 꽃밭의 루텐위와 아들

재스민차의 고향인 푸저우(福州)에서 천청중(陳成忠) 가족은 수제 재스민차를 대대로 계승·보완하고 있다. 천 씨의 며느리 루텐위(盧 畑羽)와 남편 천정(陳錚)은 한때 고향에서 700킬로미터나 떨어진 장쑤(江蘇)성으로 이주해 살면서 매년 차 만드는 계절에만 고향으로 돌아와 일을 도왔었다. 그러다 8년 전 온 가족이 아버지 천 씨 곁으로 돌아오기로 했는데, 내심 재스민차의 전통 제다 기술을 계속해서 발전시켜야 한다고 생각했기 때문이다.

재스민 꽃봉오리

모든 차 중에서 예술에 가장 가까운 제조 과정을 거치는 것이 재스민차다. 재스민 꽃봉오리의 아름다움은 쉽게 사라지고, 향긋한 향기는 마치 거미줄처럼 연약해서, 이 아름다움을 어떻게 차에 녹여내느냐가 솜씨를 시험하는 관건이다. 달콤하고 싱그런 재스민차는 세상 사람들의 사랑을 받는데, 요즘 세계에서 가장 유행하는 꽃차라 할 수 있다.

아버지 천 씨는 국가급 전통 푸저우(福州) 꽃차의 음제공예(窨制工藝) 전승자로, 천 씨의 수제 재스민차는 이미 3대째 전해지고 있다. 음제공예란 재스민의 꽃향기를 차에 입히는 기술을 말한다. 세월은 기술을 연마하고, 창의력은 마음에서 생겨나 입신의 경지에 이르니, 기술은 마침내 예술이 된다.

천청중

푸저우의 온화하고 습윤한 기후는 재스민속 식물과 차나무가 자라기에 완벽한 조건을 갖추고 있으며, 주변 지형도 재스민차 산업에 매우 적합하다. 산꼭대기에서 차를 재배하고, 아래쪽으로는 숲과 마을이 순서대로 있으며, 재스민은 강기슭에서 자란다. 차농들은 또 산 위에 다랭이논을 만들어 수자원을 더 효율적으로 활용한다.

재스민은 그 우아하고 달콤한 향기를 밤에만 토해낸다. 꽃을 따는 노동자는 재스민 꽃을 잘 알아야 하는데, 낌새를 보고 아직 피지 않았으나 그날 밤에 피어날 꽃봉오리만 골라서 딴다. 이어서 밤이 되고 꽃봉오리가 터져서 독특한 향기가 방출되기를 기다려야 한다.

재스민 향기에 취할 때, 루텐위는 온몸이 콧구멍이 되어 꽃향기를 흡수할 수 있으면 좋겠다고 느낀다. "나를 아예 거기에 묻어주세요! 안 나와도 되니까." 이들 가족은 질 좋은 재스민차를 위해 아침 일찍 나가서 밤늦게까지, 하루 종일 꽃밭에서 일을 한다. 해가 뜨기 전에 집을 나서는데, 빠르면 자정 넘어, 늦으면 새벽이 되어서야 돌아오기도 한다.

재스민꽃 채취

재스민 꽃밭

피려고 하는 재스민 꽃봉오리를 건조 처리된 녹차나 백차와 겹겹이 쌓아 놓는 과정를 '음제(窨制)'라고 한다. 이 과정에서 찻잎은 재스민 천연의 향을 흡수해 달콤하고 상큼한 재스민 향기를 띠게 된다. 한 번의 음제 과정은 약 4시간 동안 진행되며, 음제를 여러 번 하면 재스민차의 품질이 더 높아진다. 최고급 재스민차는 음제을 아홉 번 하기도 한다. 음제 후 찻잎은 다시 별도의 건조 처리 과정을 거친다.

음제 과정을 살펴보자. 우선 재스민 꽃봉오리가 생산공장으로 옮겨진다. 다른 작업이 모두 끝나서 공장이 문을 닫고 기계들도 작동을 멈춘 늦은 시간, 수제 재스민차의 음제가 본격적으로 시작된다. 낮에 따서 밀봉해둔 재스민의 꽃봉오리가 최적의 온도에서 피어날 수 있도록 해주는 것이 관건이다. 부드럽고 따뜻하게 다루고 정성껏 보살펴야 한다.

음제를 기다리는 재스민

밤이 깊어 인기척이 사라지고 도시가 조용히 잠들자 마법 같은 일이 벌어진다. 재스민 꽃 봉오리가 천천히 열리면서 재스민과 찻잎이 인연을 맺기 시작한다. 재스민꽃이 호랑이 발톱 모양으로 피어날 때 찻잎은 재스민 향을 더 잘 흡수한다. 찻잎의 섬세한 솜털인 백호(白毫)가 재스민 향기를 흡수한다. 내뱉고 들이마시니 신선한 꽃향기가 찻잎 속으로 들어온다. 재스민차 500그램을 만들 때마다 5천 송이의 꽃이 사용된다. 신선한 꽃과 찻잎이 서로 긴밀하게 의지하며 그날 밤의 남은 시간을 함께 보낸다.

호랑이 발톱 모양으로 피어난 재스민

재스민 음제

찻잎의 백호

차와 재스민을 분리한다.

다음 날 아침, 꽃은 시들어 버리고 향기도 사라졌다. 그들은 이미 찻잎에게 생명을 모두 내어준 것이다. 손으로 찻잎과 재스민 꽃을 분리하고, 홍배(烘焙)와 건조를 거쳐 향기를 가둔다. 그리고 며칠 동안 가만히 두어 찻잎과 재스민 향이 서로 융합되도록 한다. 그리고 이 과정을 여러 차례 반복한다.

재스민차에서는 반드시 순수한 재스민꽃 향이 샘물처럼 한 올 한 올 솟아나야 한다. 아버지 천 씨가 만든 차는 정교한 향미의 절정을 보여주는데, 그것은 장인의 훌륭한 솜씨와 자연의 힘이 공동으로 창조해낸 결과물이다.

완성된 수제 재스민차

천정(陳錚) 천청중 명인의 아들

" 저는 재스민차 공장에서 자랐기 때문에 재스민차에 대해 심정적으로 깊이 공감합니다. 예전에 학교 다닐 때는 여름방학 때마다 집에 갔습니다. 저는 아버지가 차를 만드는 것을 보았지만, 아버지는 제가 나서지는 못하게 했습니다. 고급 수제차는 만드는 과정에서 조금만 시간을 낭비해도 품질에 영향을 미칠 수 있기 때문이었죠.

대학을 졸업한 후, 몇 가지 일들이 저를 고향으로 돌아오게 만들었습니다. 그 당시 푸저우 재스민차는 장사가 잘 되지 않았습니다. 시장은 매우 크지만 사람들은 푸저우의 차가 싸고 품질이 나쁘다고 여겼습니다. 푸저우 정부는 2009년과 2010년 무렵에야 재스민차를 널리 보급하기 시작했는데, 이를 계기로 사람들이 푸저우의 재스민차에는 특별한 향기가 있다는 걸 알게 되었습니다. 푸저우 재스민차는 품질도 매우 좋았기 때문에 저는 마침내 기회가 왔다고 생각했습니다. 그 무렵 아버지께서는 나이가 들면서 일을 힘들어하셨고, 저는 마침내 고향에 정착할 생각을 하

게 되었습니다. 앞으로 제 아버지가 이런 꽃차를 만들지 못하게 된다면, 그 기술도 결국 사라지고 말 것이란 생각이 들었습니다. 저는 이런 기술이 없어지는 것을 매우 아깝다고 생각했고, 이것이 제가 고향에 돌아온 가장 큰 이유입니다. 결국 저도 낙엽귀근(落葉歸根)이 된 셈입니다.

대다수 전통공예는 오늘날 공업적 대량생산 체제로 바뀌었습니다. 기계는 효율적이고 프로그램을 정교하게 제어할 수도 있습니다. 하지만 재스민차를 만드는 일은 매우 주관적인 일이라고 할 수 있습니다. 사람마다 음제의 방법이 다르고 완제품의 스타일도 다릅니다. 이것은 저에게 매우 재미있습니다. 이것이 저에게 성취감을 주었고, 차를 자유롭게 만들 수 있는 권리를 주었습니다.

현재 저는 재스민차의 음제를 이미 어느 정도 이해하고 있다고 여기는데, 아마 저희 아버지의 70~80퍼센트 정도일 겁니다. 아버지의 재스민차 만드는 기술과 노하우는 독보적입니다. 그분은 이 분야의 국가급 무형문화재 전승자 중 한 사람입니다. 저는 아직 모르는 게 많고, 앞으로도 아버지만큼 알 수는 없을 거라고 생각합니다. 아버지는 제가 올라가야 할 높은 산과 같죠.
저는 아버지가 손으로 체질을 할 때, 체 위에서 까불리는 차의 모습이 참 아름답다고 생각합니다.

제가 활동할 수 있는 동안에는 이 수제 재스민차의 제조 기법이 보존될 겁니다. 제 이후에도 이 기술이 전해질 수 있다면 좋겠습니다. 그래서 제 아들이 이 일을 이어받기를 속으로 바라지만, 저는 그에게 명시적으로 말을 할 수는 없습니다. 그에게 강요하고 싶지는 않습니다. "

재스민 꽃밭의 천 씨 할아버지와 손자

전통적인 재스민차의 음제 방식은 가장 자연스런 방법이지만 동시에 무척 힘이 드는 과정이기도 하다. 전 세계의 재스민차에 대한 큰 수요를 충족시키기 위해 중국의 차 업계는 보다 경쟁력 있는 방법으로 재스민의 꽃 향을 차에 입힐 수 있는 새로운 방법을 개발했다. 지금 시판되는 많은 재스민차가 이 새로운 방법을 사용한다. 재스민 오일이나 천연 재스민 향신료를 사용하는 방법으로, 제다 과정에서 날씨나 작황, 저장 방법에 구애되지 않으며 많은 인력과 시간을 절약할 수 있다. 그러나 이렇게 제다의 속도를 높이고 생산량을 증가시키는 현대적 방법에도 불구하고 최고급 재스민차는 여전히 전통적인 수제 음제 방식을 사용하고 있다.

현재 재스민차의 핵심인 음제 기술을 보유한 나라는 중국이 유일하다. 천청중이 손수 만든 재스민차의 미래는 아들과 며느리에게 달려 있는데, 매우 조심스럽게 전승되고 있다. 다음 세대로의 연결이 있어야만 희망이 있다.

전통에 대한 고집 정산소종의 전승

뭇 봉우리들이 줄지어 서 있는 무이산(武夷山), 운무(雲霧) 사이로 통무(桐木) 마을이 보인다. 이 통무촌은 연중 구름과 안개가 끼고 비가 많이 오는 데다 산속의 자갈에 미네랄이 풍부해 마을에서는 최상급의 차가 생산된다. 그리고 여기서 세계적으로 유명한 홍차 정산소종(正山小種)이 탄생했다.

무이산 통무마을

정산소종

장위안전(江遠真)과 그의 손자 만만(滿滿)은 통무촌의 유서 깊은 차 농가의 일원으로, 차나무 숲과 제다 공예는 조상이 그들에게 물려준 가장 큰 보물 이다. 현대의 공업화된 제다 물결에 맞서 장 씨 집안의 차세대는 전통공예 를 고수하고, 정산소종의 독특한 풍미를 전승하는 길을 선택했다.

연기에 그을린 풍미가 독특하면서도 강한 정산소종은 세계 최초의 홍차로 꼽힌다. 중국에서 출발해 네덜란드와 영국 등 다른 서방 국가로 건너가 그 독특한 향과 연기에 그을린 맛으로 수많은 차 애호가들을 사로잡았는데, 영국 왕실이 특히 매료되었다. 홍차의 원조인 정산소종은 더 많은 아류 홍 차들을 탄생시켰고, 지금 홍차는 전 세계 차 시장을 석권하고 있다.

사진의 건물은 찻잎을 전문적으로 위조(萎凋, 시들리기)하고 홍건(烘乾, 건조)하기 위해 지은 것으로 현지에서는 청루(青樓)라고 한다. 장위안전은 손자 만만을 데리고 청루의 널빤지 위에 찻잎을 뿌리는데, 마치 선조의 영혼과 대화라도 하는 듯하다. 그의 선조는 17세기부터 이 무이산에서 전통적인 녹차를 만들어 왔다. 그런데 최초의 홍차는 우연에서 탄생했다고 한다.

Legend of TEA

400년 전, 한 무리의 병사들이 어느 마을을 지나다가 날이 저물자 제다 공장 창고에 들어가 위조 중인 찻잎을 임시 매트리스로 사용했다는 전설이 있다. 새벽이 되자 이 찻잎들은 모양이 완전히 변했다. 병사들의 체온이 이미 위조 중인 찻잎을 발효까지 시켰다. 주인은 되도록 빨리 손실을 줄이기 위해 현지의 마미송(馬尾松) 가지에 불을 붙이고 위조 중이던 찻잎을 서둘러 건조시켰다. 정산소종(正山小種) 특유의 연기에 그을린 훈연향(熏煙香)이 이렇게 탄생했다.

찻잎을 뿌리는 할아버지

정산소종의 독특한 제다 기법은 대대로 전해져 몇 백 년 동안 변하지 않았다. 우선 날씨가 맑을 때 찻잎을 따는데, 보통 1아2엽 또는 1아3엽으로 잎이 너무 크거나 너무 연해서는 안 된다. 이어 청루에서 신선한 찻잎을 시루에 넣고 마미송 불 위에 올려 위조(시들리기)를 한다. 이 과정에서 송연향(松煙香)이 배게 되는데, 이것이 정산소종의 특징이자 관건이다. 마미송을 태운 연기를 쬔 차에서만 과일 용안(龍眼)의 향이 나는데, 이는 다른 잡목의 연기로는 대체할 수 없는 것이다. 그 후 발효과정으로 들어가면 홍배하는 시간과 불의 세기를 파악하는 것이 매우 중요하기 때문에 수시로 찻잎을 들여다봐야 하는데, 그 기술은 통상 차를 만드는 사람의 오랜 경험과 감각에 의지한다.

소나무 장작 패기

소나무 연기를 이용한 훈연

그런데 최근에 이르러 장 씨 가족의 정산소종 공예는 시장의 도전을 정면으로 받고 있다. 현대의 기계 제다법은 대중적인 품질의 정산소종을 대량으로 생산한다. '외산(外山)'에서는 기계로 찻잎을 따기 때문에 1,000제곱미터(약 300평)의 산이라도 하루 만에 모두 딸 수 있다. 그리고 이는 온전히 사람의 손에 의지해서 찻잎을 따는 장 씨 가족이 맞설 수 없는 원가 우위를 제공한다. 이와 동시에 차 시장의 명확한 기준이 세워지지 않아 많은 가짜 브랜드가 생겨났고, 이 역시 원산지의 차 공장을 끊임없이 흔들고 있다.

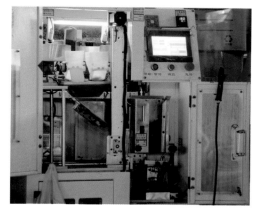

현대식 제다 기계

정산소종 차

그러나 장 씨 가족은 정통적인 정산소종이, 산업화된 외산차(外山茶)보다 훨씬 향기롭고 순정하다고 믿는다. 그들은 정산소종의 전통적 관건인 기예를 갖추었느냐가 차의 생존 여부를 결정짓는다고 여전히 굳게 믿고 있다. "술맛이 좋으면 깊은 골목이 두렵지 않다."는 말처럼, 최상급의 차는 여태껏 시장이 부족한 적이 없었다는 것이다.

과거에 이곳 농민들은 모두 차로 먹고 살았다. 하지만 장위안전의 아들 대부터는 대도시로 갈 기회가 생긴 사람들의 경우 차에 의존하지 않아도 되게 되었고 실제로 그렇게 하고 있다. 그럼에도 장 씨의 며느리인 우펑잉(吳逢英)은 차농이자 차 만드는 사람의 후손으로서 자신의 뿌리를 결코 잊어서는 안 된다고 생각한다. 그들은 실제로 부모와 조부모가 물려준 것을 계속 이어가겠다고 다짐했다. 자기가 만든 차를 마신 손님들이 가치 있는 물건이라는 표정을 드러낼 때, 우펑잉은 더없이 즐겁다고 한다.

다원의 장위안전과 손자 만만

장 씨 가족은 손재주와 지식을 다음 세대에 물려줄 수 있다면 그들의 정통 정산소종이 이 전쟁에서 이길 수 있다는 것을 알고 있다. 이제 우펑잉의 아들 만만도 차를 만드는 기술을 배우기 시작했는데, 그는 차를 심고 차를 만드는 모든 절차를 익히고 오래된 기예를 파악해야만 한다. 언젠가 만만이 차 만드는 가업을 계승하기로 결정한다면, 이 차나무들은 할아버지의 지혜를 작은 목소리로 속삭이고, 조상들의 힘을 전해주며, 그가 미래의 도전에 맞서 이 집안의 차가 큰 산 너머로 나아갈 수 있도록 돕고, 정통 정산소종이 가게와 시장 내지는 무역 집산지에서 시장의 시련을 이겨내고 더 많은 소비자를 얻도록 도와줄 것이다.

장위안전(江遠眞) 수제 정산소종 전승자

" (차나무는) 선조들이 우리에게 남긴 최고의 보물이며 귀중한 재산입니다. 우리의 이 차는 운무차(雲霧茶)라고 부를 수 있는데, 우리의 생활은 모두 이 차에 의지합니다. 이것은 우리 조상들이 남겨준 생업입니다. 그리고 우리는 이 기술을 방치할 수가 없습니다. 우리는 이것을 반드시 전승해야 하며, 이것이 우리의 책임입니다.

저는 개인적으로 정산소종에 대한 애정이 깊습니다. 저는 차를 아주 좋아하고 차를 일종의 생활로 여깁니다. 차를 따든 훈제하든 팔든, 저는 차를 생명이 있는 것으로 여겨 매우 세심하게 정성껏 보살핍니다. 차는 정성껏 만들어야지, 신경 쓰지 않으면 잘 만들 수가 없습니다. 우리는 대대로 차에 의지해서 살아왔으며, 지금까지 어떤 명망과 보배도 추구하지 않고, 다만 최선을 다해 차의 우수한 품질을 유지하려고 노력해 왔습니다.

제가 늘 말하듯이, 자손에게는 자손의 복이 있습니다. 내 나이 또래의 어른들은 이 아이들의 미래 인생 행로 선택에 별로 도움이 되지 않고, 따라서 간섭도 거의 하지 않습니다. 하지만 내 손자가 (지금은 아니더라도) 나중에 차를 만들 생각을 하게 된다면, 차를 만들 때마다 저는 그 아이가 곁에서 보게 할 겁니다. 그렇게라도 이 기술을 전수하고 싶죠. 적어도 이 공예를 잃어버리면 안 되니까요. 사실 저도 예전에는 다른 곳에서 일을 했지만 매년 차 만드는 철이 되면 고향에 돌아와서 아버지에게 차 만드는 법을 보고 배웠습니다. 저 역시 살아 있는 한, 아이들에게 차 만드는 법을 가르치고 그들이 차 만드는 것을 도울 겁니다. "

찬란한 옛길 차마고도

하나의 길이 있다. 이 길은 생존의 동맥이고, 히말라야산맥에서 굽이쳐
나오며, 아득히 먼 옛날로 통한다. 이것이 바로 디엔장(滇藏, 윈난과 티베
트) 국경의 차마고도(茶馬古道)이며, 세계에서 차를 운반하던 가장 오래
된 도로 중 하나다. 천 년 동안 이 길의 마방(馬幫)들은 이쪽저쪽을 끊임
없이 왕래하며, 좁은 산길을 따라 중국 남방의 차를 티베트를 경유하여
인도와 더 먼 곳까지 보냈다. 차마고도는 중국 차가 세계로 뻗어 나가던
출발점으로 1950년대까지 이 옛길은 계속 사용되었다.

차마고도

케상 타시

티베트인 케상 타시는 마방 가정에서 태어났다. 열 살 때 부모와 함께 마방을 따라 이 길을 밟은 것이 그의 인생 전체에서 가장 극적이고 모험적인 여행이었다. 여행을 마친 소년은 훗날 반드시 돌아오리라 맹세했다. 65년 후, 오랫동안 사업에 종사하던 타시는 실제로 맹세를 지키기 위해, 그리고 차에 대한 애정으로, 고향인 윈난 북부의 샹그릴라(香格里拉)로 돌아왔다. 그는 당시 이 길에서 매우 명성을 떨쳤던 차 브랜드 하나를 다시 부흥시키려고 하는데, 사실 그 브랜드는 그의 조부가 처음 만든 것이다.

노새로 차를 운반하는 마방(자료사진)

가난한 마방 장사꾼이던 타시의 조부는 뛰어난 담력과 수완으로 마침내 자신만의 차 브랜드를 만들어서 인도·미얀마·부탄·네팔 등에까지 사업을 개척했다. 그의 첫 직업은 노새가 끄는 수레에 차를 싣고 윈난에서 위험하고 험난한 차마고도를 걷는 것이었다. 마방이 감당해야 했던 상처와 고난은 사실 한 마디로 형언하기 어렵다. 그들은 상상하기 어려울 정도로 험난한 사태들과 맞서야만 했다.

보이차가 떡 모양으로 압축되어 있는 것은 본래 운반에 편리하도록 하기 위해서다. 오늘날에도 이런 특이한 모양은 여전히 중국차의 오랜 수출 역사를 끊임없이 일깨워주고 있다.

히말라야의 고봉들 사이로 마방이 운송한 차는 티베트의 특별한 음료인 쑤여우차(酥油茶, 야크나 양의 젖으로 만든 버터에 차와 소금을 넣고 끓인 차 음료)를 만들어냈다. 이것은 전통적인 티베트 차 음료로, 수유(버터)·소금·보이차 등의 재료를 혼합하여 만든다. 이 특별한 차는 사람들에게 에너지를 주고, 고원의 혹한에 견딜 수 있게 해준다.

쑤여우차

보이차를 끓인다.

차에 소금을 넣는다.

수유를 넣는다.

쑤여우차를 만들기 위해서는 먼저 보이 병차를 여러 번 물에 끓여 차의 정수를 모두 우려낸 뒤 대나무 거름망으로 차를 걸러내야 한다. 차가 끓으면 소금을 넣고 다시 야크 젖으로 만든 버터를 넣는다. 겔탕 (Gyeltang, 샹그릴라의 옛 지명) 지역에서는 으깬 호두를 한 줌 더 넣어 차의 식감을 풍부하게 하기도 한다. 쑤여우차를 처음 먹어보면 그 맛에 적응하기 어렵다. 천천히 음미해야 그 미묘함을 느낄 수 있다. 이런 차를 마시는 방식은 이미 천년 넘게 지속되었는데, 그 시원은 적어도 당나라의 문성공주(文成公主)가 차를 티베트로 가져간 서기 8세기까지 거슬러 올라갈 수 있다.

옛 친구들이 쑤여우차를 나누고 있다.

오늘날까지 쑤여우차는 현지인들의 일상생활에 없어서는 안 될 일
부분이다. 차, 쌀보리, 말린고기, 수유는 티베트인들의 4대 생필품
이다. 타시는 옛 친구를 만날 때면 반드시 쑤여우차 몇 그릇을 꼭
마신다. 쑤여우차는 그들의 어린 시절 추억을 불러일으키고, 집에
소장되어 있는 마방의 오래된 물건인 노새방울, 램프, 아름다운 모
자와 함께 차마고도에 관한 낭만적인 이야기들을 들려준다.

고향에 돌아온 타시는 좀 더 현대적인 차를 만들고
싶었다. 이렇게 차는 새 차지만 이름은 조부가 과
거 창립한 브랜드 이름인 '보염차(寶焰茶, 티베트어
로 노부메바차)'를 그대로 쓴다. 그는 윈난성의 차 공
장을 선택하여 그의 차를 만들었는데, 80년 전 그
의 조부도 같은 공장에서 차를 만들었다. 조부가
남긴 유산이 오늘날에도 여전히 여기에 있는 것이
다. 보이차는 여전히 이곳에서 단단한 차병으로 압
축되는데, 마치 당시의 노새에 실려 차마고도를 밟

으려는 것 같다.

보염차의 영광을 재현하기 위해 그는 차 전문가인
웨이쉐펑(魏雪峰)을 초빙해 완벽한 제품을 개발할
수 있게 도와달라고 요청했다. 전통을 중시하는 웨
이쉐펑이 보기에 70대 노인임에도 불구하고 케상
타시의 생각은 너무나 전위적이다. 전통 쑤여우차
의 맛에 만족하지 않고 훨씬 부드럽고 섬세한 맛을
추구한다는 것이다. 타시는 꿈에 그리던 차를 만들
어 조부 당시의 영광을 재현하려고 한다.

케상 타시 티베트족 차상

❝ 저는 어려서부터 마방이 차마고도를 걸어 티베트고원을 지나 인도에 도착하는 이야기를 들으며 자랐습니다. 이 이야기들은 신화와 전설의 색채가 충만하고 티베트족 사나이의 낭만적인 정서를 담고 있습니다. 그들은 강인하고 묵묵하게, 남다른 끈기와 각오로 숱한 도전을 극복하며 불가능해 보이는 쾌거를 이루었습니다.

1954년, 제가 열 살짜리 아이였을 때, 창두(昌都)에서 인도의 라싸까지 가는 눈부신 마방의 여행에 따라갔습니다. 45일을 걸었죠. 그때부터 저의 삶은 과거의 그 전설들과 연결되기 시작했죠.

마방의 노새꾼은 비록 지위가 낮지만 그들은 사실 불굴의 정신과 지혜를 가진 사람들입니다. 그들은 운송에서 순수한 즐거움을 얻었고 결과적으로 상업의 번성을 촉진했습니다. 마방에서 두각을 나타낸 상인 지도자는 대체로 지혜가 풍부하고 계책이 많으며 너그럽고도 강건한 사업가들입니다.

중국의 다른 지방에서 차를 마시는 것은 고도로 사회적이거나 의례적인 행위일수 있지만, 티베트에서는 높은 고도와 열악한 기후 때문에 차가 음식의 중요한 일부분이 됩니다.

저는 저의 조부를 존경합니다. 우리 조부는 차 무역계에서 명성을 날리셨고, 그가 창립한 보염차 브랜드는 매우 인기가 높았습니다. 이것은 그가 남긴 귀중한 유산입니다. 저는 그의 유산을 부흥시켜 그를 기리고 싶습니다. ❞

타시는 성지순례를 하며 자신의 새 사업을 위해 기도하기로 했다. 그는 티베트불교에서 가장 신성시하는 카와거보봉(윈난성 메이리설산의 주봉)을 순례하고, 조부를 기리기 위해 차마고도 일부 구간을 다시 걸을 것이다. 회사를 함께 이끄는 타시의 옛 친구들은 차마고도를 잘 알고 있고, 이들의 노래에는 옛 마방들의 애환이 서려 있다. 카와거보 성산 앞에 타시는 조부의 오래된 차 공장에서 가져온 보이차를 바쳤는데, 그 순간 햇빛이 두꺼운 구름 사이를 뚫고 나와 환하게 비추었다. 이것은 성지순례이자 축제로, 타시는 맹세를 되새기며 소중한 순간을 찾아 삶의 의미를 생각해본다.

순례 도중

설산을 향해 참배하는 타시 일행

"하늘이 복을 내려줄 것 같습니다. 태양이 사방으로 비치는
서광을 보셨습니까? 이것은 매우 상서로운 징조입니다. 저의
조부는 하늘에서 미소 짓고 계십니다. 저는 그가 매우 기뻐할
것이라고 생각합니다. 차는 특별한 선물입니다. 왜냐하면 이
곳 사람들이 모두 차를 사랑하기 때문이죠."

차가 낳은 예술 이상의 자사호

Legend of TEA

16세기 초 이싱(宜興)에 공춘(龔春)이라는 서동이 있었는데, 그는 한 스님과 인연이 매우 깊었고, 스님으로부터 자사(紫砂)로 도자기 만드는 법을 배웠다고 한다. 공춘은 비범한 천부적 재능을 드러내며 도자기 제조 공예를 발전시켰고, 새로운 기술을 발명하여 미적 감각과 실용성을 동시에 갖춘 새로운 도자기 형태를 창조하였다. 공춘의 솜씨는 어떤 의미에서 차 문화를 바꾼 것이다.

가오전위의 조소 작품

가오전위(高振宇)는 국제적인 명성을 얻고 있는 예술가로, 자연의 형태와 질감을 표현한 실험적인 모더니즘 조각을 하고 있다. 그는 일찍이 런던·파리·도쿄·베이징 등에서 전시회를 열었으며, 세계 곳곳의 국제 미술관에 그의 작품이 소장될 정도로 예술계에서 큰 영향력을 발휘하고 있다.

그런 가오전위에게 끊임없이 창작에 대한 영감을 불러일으키는 것이 하나 있다. 단순하고 소박하며 진솔한 이싱의 전통 차호가 바로 그것이다. 이제까지 그는 이미 2천여 개의 자사호를 만들었는데, 자사호에 대한 애정은 가오전위의 피 속에 녹아 있다. 그는 본토박이 이싱 사람으로, 부모 모두 유명한 자사호 장인이었다. 그는 일찍이 중국의 뛰어난 자사호 대가인 구징저우(顧景舟, 1915~1996)를 스승으로 모신 후 다시 일본에서 유학하고 마침내 고향으로 돌아왔다.

이싱은 상하이에서 서쪽으로 멀지 않은 인구 124만 명의 도시로 타이후(太湖) 옆에 위치한다. 이곳은 신석기 시대부터 도기 제작의 중심지였다. 이싱 차호의 비밀은 독특한 토질에 있는데, 미네랄이 풍부하고 가소성과 강도가 매우 높으며, 형태 또한 독특하여 도자기를 만드는 데 이상적인 재료이다.

사람들은 이를 '자사니(紫砂泥)'라고 부른다.

자사(紫砂)는 글자 그대로 '자줏빛 모래흙'이라는 말이다. 자사 점토는 고령토(高嶺土)·석영·운모의 혼합물로, 산화철의 함량이 매우 높다. 점토는 암석을 추출·분쇄·세척·유념·체질한 후에 섞어서 만든다. 가공되지 않은 자사니에는 자니(紫泥)·홍니(紅泥)·녹니(綠泥)의 세 종류가 있다. 세 종류의 이싱 점토는 암석의 채굴 장소와 깊이, 도공들이 사용하는 제작 방식에 따라 색깔이 각기 다르다. 단니(團泥)는 이싱 도호계에서 흔히 볼 수 있는 용어로, 자니와 녹니의 혼합 점토를 말한다. 이러한 점토는 구우면 청동색으로 변하고 녹니는 베이지색으로 변한다. 이싱 도호의 색깔은 하늘색·진녹색·회색 등으로 매우 다양하다. 이처럼 다양한 색을 얻기 위해 도예가들은 서로 다른 종류의 점토를 섞거나 점토가루에 산화금속을 첨가하기도 한다.

자사니

자사니료를 두드리고 있다.

니료(泥料)는 수백 미터 깊이의 땅속에 있는 무기광물인데, 일단 공기·햇빛·빗물에 닿으면 바로 생명이 생기는 것 같다. 흙을 두드리는 일은 자사호 제작에서 매우 중요한 작업이다. 니료의 자연 알갱이는 나무망치로 두드리면 끊임없이 펼쳐지고, 도토(陶土)의 에너지가 깨어나 성장하고 팽창하여 자신만의 개성을 갖게 된다. 자사로 만든 차호는 마치 숨을 쉴 수 있는 사람의 피부처럼 물은 통과시키지 않으면서 동시에 숨을 쉴 수 있다.

건조한 차가 자사호 안에 들어가면 끓인 물과 만나 생명이 두 번째로 피어난다. 자사호 안에는 기억이 숨어 있는데 차호가 차의 맛을 흡수해서 차의 흔적을 남기기 때문이다. 그래서 반복적으로 사용하면 스스로 차의 생기를 발산한다.

자사 차호

14세기 이전 중국인들은 단차(團茶)나 병차(餠茶)를 많이 마셨는데, 가루로 갈아서 다완에 넣고 저어서 마셨다. 명대에 이르러 산차(散茶)가 유행하기 시작하고 차를 마시는 방법이 바뀌자 새로운 다구에 대한 수요가 생겨났다. 대체로 명나라 때인 1500년경에 이싱 자사호는 대량생산이 시작되었고, 생산의 중심은 이싱과 가까운 딩수(丁蜀)에 있었다. 작은 공방 외에 차호를 대량으로 생산하는 공장도 있었다.

지금까지 발견된 차호 가운데 연대를 확인할 수 있는 초기 차호로 난징(南京)의 우징(吳京) 묘에서 출토된 조량차호(吊梁茶壺)가 있다. 환관 우징은 명나라 가정(嘉靖) 12년인 1533년에 사망했다. 이 차호는 현재 난징박물관에 소장되어 있다.

이싱 도호의 아름다움은 우선 재질에서 드러난다. 도호는 유약을 바르지 않는데, 재료가 질박하고 원시적이어서 도기에서는 보기 드물다. 이런 소박한 조형은 당시 문인들의 미적 기준에 부합하여 이들로부터 총애를 받았다. 문인들의 차를 마시는 수요와 습관은 또 이싱 차호의 크기와 디자인에 영향을 미쳤다. 그들은 도기 만드는 장인을 모셔다가, 전문적으로 차를 품평하기에 알맞은 작고 정교한 차호를 만들게 했다. 이렇게 차를 위해 탄생한 자사호 공예는 수백 년의 발전을 거쳐 오늘에 이르렀다.

이싱 자사 차호는 홍차와 우롱차 및 보이차를 우려내기에 특히 좋다. 만약 이싱 차호를 공부(功夫) 다도에 사용하고자 한다면 그 차호는 반드시 3평(三平)의 규칙을 준수해야 한다. 이는 차호의 입수부, 출수구, 손잡이의 끝이 모두 평평해야 한다는 의미다. 또 도자를 만드는 장인들은 자주 소리로써 차호의 품질을 검사하는데, 뚜껑으로 차호를 가볍게 두드리면 나는 소리가 제각각이다. 소리가 뚜렷하고 금속질감이 있으면 좋은 차호이다.

가오전위(高振宇) 조각가 겸 자사호 장인

" 제 마음속에서 고향 이싱은 매우 중요합니다. 그곳에는 도자기 만드는 역사가 있고, 문화적 토양이 있으며, 차도 있기 때문에 오늘날 우리가 보고 있는 자사호를 탄생시킨 것입니다.

저는 현대인이라고 생각합니다. 실제로 저는 현대에 살고 있습니다. 혁신이 필요할 때면 니료 속에서, 재료 자체의 언어에서, 그것의 에너지를 깨닫고 나의 창작 의도를 표현해내곤 합니다. 도호를 만드는 과정은 도예가와 도토가 교류하는 과정이기에 도토에 대해 이해하고 도토와 교류할 필요가 있습니다. 도토를 좀 더 구부려도 되는지 도토에게 물어보고, 도토가 어떻게 대답하

는지 들어봅니다. 만약 도토가 안 된다고 하면 자연의 법칙에 따라 멈추어야 합니다. 이것이 도토와 도예가의 대화이고, 매우 중국적인 방식으로 물건을 만드는 태도입니다. 도호를 만드는 과정은 창조적입니다. 그래서 한 사람이 처음부터 끝까지 차호를 만든다고 할 경우 조각과 소조에 대한 능력 외에 예술적 두뇌도 필요합니다.

우리 중국인들은 자사호가 독보적인 매력을 가지고 있다고 믿습니다. 이싱 도호는 수공으로 만드는데, 도예가들이 점토를 두드리면서 도호의 형상을 만듭니다. 그리고 그것은 당연히 기계로 만든 것과는 다릅니다. 자사호와 차 사이에 생기는 상호작용에서 차이가 있는 것은 물론이고, 수제 자사 차호는 차탕의 기운을 더욱 잘 구현하게 해줍니다.

저의 스승 구징저우 선생은 일찍이 저에게 두 마디 말씀을 해주셨습니다. '계승에서는 전통적인 규범을 중시하고, 혁신에서는 내면의 정신을 중시하라'는 말씀이 그것입니다.
차호를 만들 때, 우리는 그것을 일종의 사람과 마찬가지라고 생각합니다. 차호가 하나의 생명체인 이상 우리는 생동감 넘치는 기운이 그 내면에 깃들도록 해야 합니다. 우리의 자사호는 이런 기운을 중시하죠. "

가오전위가 만든 차호

가오전위는 전통적인 이싱 차호에 경의를 표하면서도 과거 흉내를 내는 데 그치지 않으려고 한다. 차호를 만들 때마다 그는 진흙과 새로운 대화를 시도한다. 한 마디로 그는 혁신가라 할 수 있다. 타고난 재능이 그로 하여금 자사호에 영혼을 불어넣게 해주었다. 새로운 차호는 가오전위의 교묘한 손길을 거쳐 탄생하는데, 차운표향(茶韻飄香, 차의 운치와 흩날리는 향기)보다 훨씬 더 많은 것이 그 안에 담겨 있다. 차호에는 가오전위가 그동안 쌓아온 추억들이 가득하고, 그의 예술 인생과 이싱의 유구한 역사가 담겨 있다. 중국에는 차가 있어 세계에 이를 선물했다. 중국에는 또 차호가 있으니, 수많은 차와 생각을 담아낸다.

햇빛의 맛 복정백차의 비밀

중국 동남부의 작은 도시 푸딩(福鼎, 복정)은 백차
(白茶)의 고향으로, 봄차 수확 철이면 매일 200톤
가까운 푸른 찻잎이 이곳에서 거래된다. 조상 대대
로 차 산업에 종사한 왕촨이(王傳意)는 30년을 하루
같이 신선한 찻잎이 '햇빛의 맛'을 더 많이 흡수하
도록 노력해 왔다.

백차는 대략 청나라 가경(嘉慶) 연간(1796~1820)에
처음 나타났다. 처음에는 현지인들이 소백차(小白
茶) 찻잎을 따서 은침(銀針)을 만들었는데, 후에 대
백차(大白茶)와 대호차(大毫茶) 품종이 잇따라 발견
되어 1880년경 현재 우리가 잘 알고 있는 상업화된
'백호은침(白毫銀針)'이 거의 형태를 갖추었다.

백호은침의 백호

푸딩의 찻잎 교역 시장

백차는 일찍이 푸젠(福建)성의 번성한 차 무역 시장에서 확고한 위치를 확보했었다. 사료에 의하면 민국 초기의 백차 수출은 역사상 최고조에 달했고, 푸딩과 정허(政和) 두 지역은 연평균 50톤의 백호은침을 유럽에 팔았다고 한다. 그러다 제1차 세계대전이 발발하면서 백차 수출길이 전면 폐쇄되고, 백차 생산량은 급전직하했다. 그리고 이런 상황은 신중국이 세워진 후에도 한참이나 바뀌지 않았다. 실제로 서기 2000년 당시 푸딩에 백차를 생산하는 회사는 거의 없었고, 현지인을 제외하면 외지인들의 경우 백차에 대해 아는 경우도 매우 적었다.

그러다 2009년쯤 백차는 중요한 전기를 맞았다. 그해 전후에 보이차와 용정차가 잇달아 품귀현상을 보이면서 차 시장에 메워야 할 공백이 생겼다.

역사 동영상

여기에 현지 정부의 대대적인 백차 홍보가 전개되면서 마침내 푸딩 백차가 대중의 사랑을 받기 시작했다.

차의 싹

오늘날 백차는 중국에서 모종의 특수한 지위를 누리고 있다. 백차의 생산량은 2019년을 기준으로 전체 차 생산량의 2.46퍼센트에 불과하다. 하지만 큰 인기를 끌고 있다. 순한 맛에 항산화 폴리페놀을 많이 함유한 백차는 달콤하고 꽃향기가 살짝 풍기며 우수하고 부드러운 식감으로 도시 화이트칼라의 사랑을 받고 있다. 오래 묵은 백차는 부드럽고 매끄러우며, 맛은 변화무쌍하다. 소리 없이 입술을 축이니 마치 최고급 샴페인과 같은 신비한 특징을 가지고 있다.

백차의 남다른 점은 제다에서 비롯되는데, 백차는 인위적 가공이 가장 적은 차다. 녹차의 경우 증청이나 초청을 하는 반면, 백차의 제다 과정에는 보통 햇빛에 찻잎을 시들게 하는 일광위조(日光萎凋)와 약한 불에 말리는 홍배(烘焙)의 두 가지 공정만 있다. 일광위조는 '생쇄(生曬)'라고도 하며, 약한 불을 이용하는 백차의 홍배는 문화홍고(文火烘烤)라고도 한다. 이들 두 공정은 일견 간단해 보이지만 한없이 신비롭고, 두 공정이 상부상조하게 되므로

어느 것 하나라도 없어서는 안 된다.

왕찬이(王傳意)는 철이 들 때부터 줄곧 백차와 함께했다. 어려서부터 아버지에게 배운 전통공예로 푸딩 백차를 만들고 있으며, 2004년부터는 아버지의 사업을 계승하여 백차 제작에 대한 다양한 시대적 요구에 응전하면서 최고의 품질을 추구하고 있다.

백차 제다의 핵심 비법은 일정 시간 동안에, 완만하고 고르게 수분을 잃도록 하는 것이다. 계절과 채집 기준에 따라 찻잎의 함수율(含水率)이 서로 다르고, 차를 제조할 때 처하는 외부의 기상 상태 역시 같은 경우가 없다. 따라서 수분 손실 정도에 대한 상황 제어도 수없이 달라져야 한다. 그래서 백차는 누구나 공통으로 햇빛에 말리지만, 말리는 시간은 각 가정이나 제다인마다 서로 다르다. 왕찬이는 조상들의 경험과 자신의 실험을 총괄하여 찻잎·날씨·온도가 매년 다른 상황에서도 최상의 맛을 내는 비법을 찾아냈다.

차 공장에 있는 어린 시절의 왕찬이

백차의 첫 번째 공정인 일광위조

백차를 만들기 시작한 지 30여 년이 지났지만, 왕
찬이는 여전히 옛 방법을 계승하고 자연에 대한 경
의의 자세를 견지하고 있다. 명나라의 문인 전예형
(田藝衡)은 《자천소품(煮泉小品)》에서 "차는 불로 만
든 것이 버금가며, 생엽을 햇빛에 쬐어 말린 것이
으뜸이다(茶者以火作者為次, 生曬者為上). 역시 자연
에 가까우며 불기운과 단절되기 때문이다(亦近自然,
且斷火氣耳)."라고 하였다.

왕찬이는 전통적인 일광위조를 고수하고 있으며,
그의 제다 공장에는 푸젠 내지 중국 내 최대의 백
차 일광위조 건조장이 있다. 그의 생산 방식은 변
화무쌍한 자연의 도움과 많은 인력을 필요로 하기
때문에 일견 어리석게 보인다. 50여 톤에 달하는
체반과 그 안의 찻잎을 관리하기 위해 인부들은 24
시간 한 발자국도 자리를 비울 수 없다. 일조량, 강

우 여부와 정도, 기온, 습도, 풍향 등 자연의 시시각
각 변하는 미세한 변화들에 맞추어 대나무 체반들
의 위치, 찻잎의 두께, 건조 시간 등을 수시로 조절
해야 하기 때문이다.

수십 년의 경험과 거듭된 검증을 거쳐 왕찬이는 백
차 제조의 핵심 기술에 대해 '72시간 일광위조'라
는 매우 간단해 보이는 결론을 도출해냈다. 물론
'72시간'이란 것이 찻잎을 집 밖에 내놓고 햇빛과
비바람에 그냥 놔두는 것을 의미하지는 않는다. 온
도가 너무 높거나 빛이 너무 강한 경우, 그리고 밤
이 되면 찻잎은 위조용의 건물 안으로 옮겨야 한다.
그렇게 72시간 동안 햇볕을 충분히 쬔 찻잎에는 시
간과 햇빛이 공동의 조화를 통해 만들어낸 '햇빛
의 맛'이 생겨난다. 그런 차를 우린 차탕은 살굿빛
을 띠며, 쓰지도 떫지도 않고, 시원하고 상큼하다.

백차 제조의 두 번째 공정은 약한 홍배(烘焙)이다. 백차의 싹과 잎에는 솜털이 가늘고 많아서 습기를 흡수하여 곰팡이가 생기기 쉽다. 홍배는 찻잎의 산화를 크게 늦춰 홍차로 바뀌지 않게 할 뿐만 아니라, 찻잎의 수분도 감소시킨다. 지금도 왕찬이는 여전히 숯불로 홍배를 한다. 숯불 담은 솥을 대나무로 만든 홍롱(烘籠)에 넣고, 찻잎을 담은 대나무 체반을 이 홍롱 위에 얹는다.

세 번의 잠 못 이루는 밤을 거친 후, 왕찬이의 백차 한 무더기가 마침내 홍롱을 떠난다. 하지만 아직은 백차가 다 완성된 것이 아니다.

백차의 두 번째 공정인 홍배

"1년 차(茶), 3년 약(藥), 7년 보(寶)"라는 말이 있다. 1년 된 백차는 신백차(新白茶)로 여겨지며, 실제로 전혀 발효가 되지 않아 녹차 맛과 비슷하지만 더 부드러운 맛이 난다. 3년 된 백차에서는 댓잎 향과 약간 순후(醇厚)한 맛이 난다. 7년 된 백차는 노백차로 인정되며, 대추 향이 있으므로 약 냄새가 날 수 있다. 단맛이 증가함에 따라 맛은 더욱 순후하고 부드럽게 바뀐다.

햇수가 다른 백차들의 탕색

이렇게 묵을수록 좋은 백차가 되므로 왕찬이의 제다 마지막 단계는 특별한 밀실인 숙성실에서 이루어진다. 찻잎의 산화는 홍배로 인해 느려지지만 결코 완전히 중단되지는 않는다. 밀실에는 백차의 오묘함이 숨어 있고, 휴면하는 찻잎은 천천히 산화를 지속한다. 오랜 세월을 기다리면 숙성된 노백차의 맛이 다 드러나 차 애호가들의 총애를 받게 될 것이다.

숙성 과정 중인 백차의 함수율과 보존 방법은 백차의 최종 품질에 특히 중요하다. 왕찬이는 백차에 가장 적합한 함수율을 도출해내기 위해 같은 등급, 같은 포장, 같은 저장 조건에서 7년 주기로 실험을 해왔다. 그 결과 7년간의 자연 저장을 거치되, 5퍼센트의 함수율에서 저장을 시작하는 것이 가장 좋다는 사실을 발견했다. 이는 국가 표준인 7퍼센트보다 높은 기준이며, 이것이 점차 업계에서 일치된 인정을 받고 있다.

생화학자가 왕찬이의 노백차 샘플을 분석한 결과, 노백차가 숙성될 때 화합물에 현저한 변화가 있었던 것으로 나타났다. 아미노산은 산화가 줄어들기 시작했는데, 놀랍게도 새로 생긴 화합물이 차의 맛을 확 바꿔놓았다. 세월이 왕찬이에게 최고의 백차로 보답한 셈이다. 그의 가장 좋은 백차는 20년 동안 보관되며, 이 차를 맛보려면 시간이 조용히 맛을 양성하는 시간을 기다려야 한다.

숙성실

백차의 제다법은 가장 간단하지만, 왕왕 간단한 것일수록 더 어렵습니다. 백차 제다에는 위조와 건조만 있는데, 위조의 경우 날씨의 영향을 많이 받습니다. 날씨가 좋을 때 만들어내는 백차는 맛과 향기 등 모든 면에서 뛰어나며, 거기에는 우리가 '햇빛의 맛'이라고 부르는 것이 있습니다.

왕촨이(王傳意) 백차 제다인

❝ 한 가지 기예의 소멸은 아마도 한 업계의 영구적인 종말을 의미하게 될 것입니다. 저는 전통 제다법이 고집·느림·소량·중노동을 의미한다는 것을 압니다. 그러나 제가 전통을 고집하는 이면에는 이 특별한 기예에 대한 일종의 책임감이 깔려 있습니다. 현대의 기계들은 효율을 높일 수 있지만, 거기에는 우리 업계의 초심과 그 초심을 지키려는 생각이 결여되어 있습니다. 전통 백차 제다는 무엇으로도 대체될 수 없습니다. 그래서 저는 전통 방식을 고수하고 있고, 반드시 고수해야 한다고 생각하며, 앞으로도 계속 그럴 생각입니다.

우리 아버지는 우리에게 찻잎에 아예 '종사(從事)' 하라고 가르치셨습니다. 아버지는 매우 엄격하신 분으로, 차를 다루는 우리에 대한 요구가 때때로 가혹할 정도였습니다. 그런 교육을 거쳤으니 잘할 수밖에 없었습니다. 현재의 우리를 보면, 주변의 인식도 좋고, 차를 만드는 기술도 좋고, 프로세스도 훌륭합니다. 아버지를 비롯한 가족들이 여러 해 동안 가르쳐 주었기 때문에 오늘의 우리가 있게 되었죠.

우리는 주로 햇빛에 의지하여 위조하기 때문에, 책임자들의 눈은 날씨의 변화를 살펴보기 위해 항상 먼 산을 향하고 있습니다. 혹시라도 비구름이 오는지 보기 위해서입니다. 만약 찻잎 무더기가 비에 젖기라도 한다면 모두 폐기됩니다. 작은 부분을 잘 파악하지 못하면 앞서의 모든 노력이 허사가 됩니다.

저는 아버지로부터 공장을 인수하여 차를 만들기 시작하면서 어떻게 하면 노차(老茶)를 더 맛있게 마실 수 있을지 고민했습니다. 좋은 찻잎에 좋은 기술을 더하여 차를 제위(帝位)에 올려놓는 것이 우리의 책무이기 때문입니다.

우리는 기본적으로 낮에 생산(일광위조)을 시작하고 밤에 홍배를 시작하기 때문에 온종일 전혀 쉴 수가 없습니다. 특히 탄배(炭焙)를 할 때는 전혀 쉴 수가 없습니다. 온도가 너무 높으면 타버릴 것이고, 온도가 너무 낮으면 또 건조가 되지 않기 때문입니다. 만약 1~2분만 한눈을 팔아도 찻잎이 바로 타버릴 수 있기 때문에 사람의 정력을 많이 소모하게 됩니다.

백차는 단순히 현재를 보는 것이 아니고 미래가 있습니다. 이것은 저에게 매우 즐거운 일입니다. 누구나 찻잎 안에서 행복을 찾을 수 있습니다. 인생은 차와 같고, 차는 인생과 같습니다. 시간이 필요하고 천천히 즐겨야 합니다. ❞

차에 대한 끝없는
사랑

FOR
THE LOVE
OF TEA

생활에
스며들다

STORY 09
기대와 그리움 청두의 찻집

청두(成都)는 중국 서부에 위치한 인구 1,600만 명이 넘는 대도시로, 현대와 전통이 어우러진 이 매력적인 도시에서는 차가 마치 접착제처럼 크고 작은 지역들을 하나의 공동체로 묶어놓고 있다.

청두 사람들의 여유로운 생활 리듬의 역사는 2천 년 전으로 거슬러 올라간다. 기원전 250년경에 유명한 관개 시스템인 두장옌(都江堰)이 건설되어 홍수를 성공적으로 통제하고 농업 발전을 촉진했으며, 식량 생산이 안정되고 생활이 풍족하게 되었다. 이 때문에 과거 청두 농민들은 다른 지역보다 여가가 많았는데, 차를 마시는 것이 바로 이 여가를 보내는 제일 좋은 방법이었다.

차를 마시는 청두 사람들

관인거 찻집

청두의 심장부에는 관인거(觀音閣)라는 오래된 찻집이 하나 있는데, 생긴 지 120년이 넘었다. 청두에서 가장 오래된 이 찻집은 명나라 말기의 사찰 건물을 개조한 것이다. 못을 사용하지 않은 목조 건물이며 세월의 풍상을 겪고도 여전히 튼튼하다. 찻집이 도처에 있는 청두에서도 관인거라는 이 오래된 찻집은 가장 고색창연하고 역사의 숨결이 매우 짙게 배어 있는 곳이다.

도시 전체가 아직 잠에서 덜 깨어난 새벽, 찻집이 문을 연다. 찻집 주인 리창(李强)은 불을 지펴 물을 끓이고, 준비가 다 되면 찻집의 문을 열고 손님을 맞이한다. 때로는 일찍 오는 단골손님이 직접 문을 열고 들어오기도 한다. 리창은 아직 장사 준비를 하고 있는데, 단골손님들은 마치 자기 집인 양 벌써 자리를 잡고 앉았다. 리창은 바로 이런 화기애애한 분위기 때문에 관인거가 남다르다고 생각한다.

하루를 준비 중인 찻집 주인 리창

일찌감치 도착한 차 손님들

98세의 종 할아버지

손님들의 얼굴에는 사연이 가득하지만, 지금은 그저 편안하고 한가해서, 세월의 풍상으로 조각된 이 찻집과 꽤나 잘 어울린다. 종(鐘) 할아버지는 올해 98세지만 여전히 기력이 정정하다. 그는 오늘의 일을 새벽에 일찌감치 끝내고 찻집에 나와 첫 번째 아침 차를 마신다. 부인이 세상을 떠나서 혼자 살게 된 종 할아버지는 하루에 두세 번 찻집에 온다. 찻집은 이미 그의 또 다른 집이다.

찻집의 어떤 단골들은 이미 세상을 떠났지만, 이 찻집에서는 여전히 그들의 찻잔이 식지 않는다. 보이지 않는 그들에게 리창은 평소처럼 담배 한 대를 권하고, 차 한 잔을 따른다. 그는 "여기가 그의 자리다. 그를 위해 이 자리를 남겨두겠다. 나는 여전히 그를 한참 더 배웅해야 한다."고 말한다.

고인(故人)을 위한 찻잔

리창(李强) 찻집 관인거 주인

66 관인거는 원래 명나라 말기의 사찰이었는데 민국시대에 찻집으로 변했고 1949년 이후에는 국유화되었습니다. 제 어머니는 열여섯 살부터 관인거 찻집에서 일하셨고, 저는 어릴 때부터 이곳에서 놀며 자랐습니다. 다 자란 뒤에는 펑진(彭鎮)을 떠나 외지에서 생활하며 일했습니다. 1978년 이후 개혁개방으로 민간기업 설립이 다시 허용되었고, 저는 1995년 펑진으로 돌아왔습니다. 그런데 제가 다시 왔을 때 이 찻집은 이미 형편없이 망가져 있었습니다. 저는 건물을 임대하여 다시 찻집을 부흥시킬 계획을 세웠습니다. 그렇게 찻집을 새로 시작한 지 어느새 24년이 지났습니다.

이 찻집은 중요한 사회적 기능을 수행하고 있다고 생각합니다. 사람들, 특히 노인들은 집에 혼자 있으면 외롭고 멍해지기 쉽습니다. 사람은 누군가와 함께 있어야 하고, 저는 우리 찻집이 그런 자리를 제공한다고 믿죠. 사람들은 여기 와서 누군가와 이야기를 나누거나, 혹은 혼자 앉아서 책을 읽기도 합니다.

'개문칠건사(開門七件事)'라는 말이 있는데, 아침에 대문을 열면서부터 걱정하고 챙겨야 하는 일곱 가지 생필품을 말합니다. 땔나무·쌀·기름·소금·간장·식초, 그리고 차가 그것입니다. 이처럼 차는 중국인의 생활에서 매우 중요하죠. 이렇게 모두에게 필수품이 된 차는 사람들에게 무언의 대화법도 알려줍니다. 누구나 차의 상징적 의미와 예의를 알기 때문에, 원하지 않으면 말할 필요가 없고, 모두가 알고 있기 때문에 편안함을 느낄 수 있습니다. 제가 이 찻집을 운영하면서 바라는 것이 하나 있다면, 모든 손님이 서로 한 가족처럼 느끼는 것입니다. 모두가 찻집에 머무는 것을 좋아하면 저도 기쁩니다. 99

주인 리창과 손님

물을 끓이고 차를 따르는 리창

차를 끓이다.

그러나 오후가 되면 찻집이 몹시 바빠져서 리창은 추모에 잠길 틈도 없이 온 마음을 일에만 쏟아야 한다. 주전자를 왼손으로 들고 오른손으로 기울여 물을 따르는데 일사천리로 쉬지 않고 따른다. 기술이 있어 빠르고 민첩하게 차를 내는데, 단숨에 해치우되 한 방울도 흘리지 않은 것이 핵심이다. '집 밖에 나서지 않고 천리를 걷는다.'는 옛말은 바로 이 찻집 주인의 분주함을 묘사한 것이 아닐까.

오후의 찻집에는 노년·중년·청년 3대가 모두 모였다. 마작하는 사람, 수다 떠는 사람, 상담하는 사람, 장사하는 사람들이 다 한 공간에 있다.

이럴 때는 손님도 주인의 형편을 고려해준다. 떠들썩한 찻집이지만 여기서는 여기만의 예의범절이 있고 무언의 약속도 있다. 예컨대 손님이 개완 뚜껑을 어디에 어떻게 놓느냐에 따라 주인에게 전하려는 메시지의 내용이 달라진다. 뚜껑을 찻잔 옆에 비스듬히 엎어놓으면 물을 더 부어달라는 의미고, 뚜껑을 찻잔 옆에 세워서 걸쳐 놓는 것은 오늘 돈 가져오는 것을 깜빡 잊었다는 표시다. 개완을 덮은 뚜껑의 꼭지 위에 땅콩이나 해바라기 씨를 올려놓는 것은 잠시 자리를 비운 것이며 곧 돌아올 예정이니 자리를 치우지 말라는 메시지다.

"물을 더 부어 주세요."

"오늘은 외상입니다."

"잠시만 자리를 비웁니다."

외지인의 경우 이런 규칙이 어쩌면 내키지 않아서 꽁무니를 뺄 수도 있지만, 이 찻집의 차를 한 모금만 마셔보면 즉시 기분이 상쾌해진다. 노소와 빈부를 가리지 않고 이곳의 모든 손님들은 같은 종류의 재스민차를 마신다. 꽃향과 차향은 마치 사람을 들판으로 데려가는 것 같다. 관인거 찻집은 역사이고, 손님들의 또 다른 집이며, 더 완벽한 세계로 넘어가는 통로이다.

먼 길의 필수품 차오산 어부의 공부차

공부차 우리기

공부차(功夫茶)에 대한 중국인의 사랑은 오래전부터 이어져 왔는데, 이른바 공부(功夫)란 차를 우릴 때 쏟는 응축된 시간과 심력을 말한다. 정식 공부차에는 부채로 숯불을 일구는 것부터 특별한 진흙 화로와 차호를 사용하는 것까지, 모두 18가지의 엄격한 절차와 규정이 있다. 이 공부차는 중국 남방 연안의 차오산(潮汕) 지역에서 유래했으며, 이곳의 난아오(南澳) 섬은 독특한 문화와 방언을 가진 곳이다. 섬 주민들은 바다에 의지해 살고 있으며, 조수 및 해와 달이 만들어내는 리듬에 맞춘 삶이 이미 수백 년 동안 이어지고 있다.

난아오 섬의 바닷가

공부차 차선(茶船, 차탁)

어민 뱌오(彪)는 조상들의 어로 전통을 이어받은 어부다. 그는 바다를 좋아하고 어릴 때부터 어민 생활을 동경했는데, 비록 힘은 들지만 시간은 상대적으로 여유로운 편이다. 뱌오의 생계는 바다에 있고, 차향은 마음속에 있다. 그는 차를 즐겨 마시는데, 좋은 친구들과 함께 차를 마시는 것이야말로 여유를 즐기는 최고의 방법이라고 생각한다. 차오산 사람들이 흔히 말하는 '차삼주사(茶三酒四)'는 공부차가 친한 사람들끼리 모여 차향을 음미하기에 적합하다는 뜻이다.

오늘날 차오산에서는 공부차를 여전히 어디에서나 볼 수 있으며, 사무실·공장·가정 및 상점에서 사람들은 함께 모여 차 마시는 것을 일상생활의 일부로 삼는다. 공부차는 또 우정과 단결 및 관대함의 상징이다. 어부들은 항구의 작은 배에 앉아 차호와 찻잔을 둘러싸고 한편으로는 차를 마시며 한편으로는 배와 그물에 대해 이야기하고, 날씨의 좋고 나쁨이나 마을의 가십거리를 논의한다. 그들은 일반적으로 차오산 북부의 산간 지역에서 자라는 우롱차의 일종인 봉황단총(鳳凰單叢)을 마신다. 단총차는 맛이 진하고 마신 후 목에 단맛이 돌며 한 차호를 열 번 이상 우려낼 수 있다. 이처럼 공부차는 10여 차례나 우려내는 과정을 통해 생활을 느긋하게 해주고, 사람들이 모인 자리가 곧 감정을 나누는 따뜻한 공간이 되도록 해준다.

바다에서는 어선의 선원들이 모든 어로 준비를 완료하고 현지에서 가장 풍요로운 어장을 향해 출발할 시간을 기다린다. 그 전에 뱌오는 중요한 물건을 하나 더 챙겨야 한다. 그의 아버지가 차 가게를 운영하고 있는데, 그는 언제나 바다에서 마실 수 있는 최고의 단총차를 가져온다. 이 보물을 가져오지 않으면 선원들은 항구를 떠나기 싫어한다. 유연한 차의 풍격은 이렇게 그들을 따라 떠내려가, 바다를 향해 바람을 타고 파도를 넘어 나아간다.

배에 가져간 단총차

뱌오 일행은 어장에 도착하자마자 긴 저인망을 바다에 풀어놓는다. 바다에서의 일은 힘이 들고 피곤하며, 태풍을 만나기라도 하면 매우 위험하다. 이때 바다 저쪽의 난아오 섬에서는 아내와 어머니가 그의 무사귀환을 간절히 빌고 있다. 나이 든 세대는 일반적으로 마조(媽祖. 중국 남방 연해 및 남양 일대에서 신봉하는 항해의 여신)에게 제사를 지내며 사람들이 바다로 나가 더 많은 고기를 잡은 후에 무사히 돌아오기를 기원한다.

그물 내리기

선원들이 밤새 고생한 끝에 마침내 그물을 거둘 시간이 되었다. 그물에는 쓸모없는 해파리가 많지만, 다행히 고등어와 정어리도 많이 잡혔다. 이번에는 수확이 꽤 좋은 편이고, 항구로 돌아가면 뱌오 일행은 생선을 시장에 내다 팔 것이다.

그물 걷기

배 위에서의 공부차 한잔

생선을 분류하여 적재한 후에야 선원들은 마침내 시간을 내어 그들의 공부차를 즐길 수 있게 되었다. 배는 흔들리기 일쑤고 한 번의 요동으로도 다기는 쉽게 뒤엎어질 수 있기 때문에 그들이 배에서 사용하는 다기는 비교적 간단한 것들이다. 그러나 지금 이 순간 바다는 고요하다. 덕분에 다기도 안전하게 배치되어 있다. 이것이 바로 그들이 바쁜 와중에도 이 순간 짬을 낸 이유이다. 바다로 나가 고기를 잡는 것은 힘든 일이고, 그래서 잠시의 여유와 쾌적함은 더욱 소중하다.

뱌오(彪) 어부

66 매번 고기를 잡으러 바다로 나갈 때마다 저는 차를 미리 준비해서 배에 오릅니다. 짬이 날 때마다 우리는 배 위에서 차를 우려 마시며 잡담을 나눕니다. 공부차는 우리를 하나로 연결하는 다리 같습니다. 차오산 사람들은 비교적 손님 접대를 좋아하는데, 중국의 다른 지역 사람들보다 차오산 사람들은 '이웃에 놀러 가는 것'을 더 중시합니다. 그 밖에 차오산 사람들은 단합에도 매우 열정적이어서 사람들 간의 연결이 비교적 긴밀합니다. 공부차는 이러한 전통의 일부분일 뿐입니다.

우리에게 공부차는 예술도 아니고 화려한 장식품도 아니며, 무슨 특별한 정신적 물품도 아닙니다. 그것은 바로 우리의 일상생활입니다. 굳이 힘써 배우거나 생각할 필요가 없이, 제가 태어났을 때부터 자연스럽게 있었습니다. 우리는 특별히 차를 마실 시간을 남겨두거나 계획을 세우지 않습니다. 우리는 틈만 나면 바로 공부차를 마십니다. 습관이 이미 우리 뼈에 스며든 것입니다.

난아오 섬에서의 생활 리듬은 비교적 느린 편입니다. 도시의 그것과 비교한다면 무척이나 느리죠. 우리는 우려낸 차를 마시고 천천히 인생을 음미합니다. 일에 지쳤을 때 마시는 공부차 한 잔은 우리를 무척이나 편안하게 해줍니다. 99

오늘날 공부차를 우리는 과정은 예전처럼 복잡한 절차에 구애되지는 않으며, 차오산 사람들이 '시아(呷)'라고 말하면 누구나 편하게 마시고 사양하지 않아도 된다. '시아'는 현지 방언으로 '먹다, 마시다'라는 말이다. 세월의 흐름과 함께 차를 마실 때 필요한 다구도 많이 바뀌고 있다. 예전에는 화로와 숯으로 물을 끓였지만 지금은 주전자로 끓이는 것이 더 효과적이고 편리하다는 것을 누구나 알고 있다.

그러나 몇 가지 주요 세부 사항은 여전히 그대로 남아 있다. 예컨대 작은 자기 찻잔을 사용하되 정교해야 하고, 차호의 크기는 지극히 적당해야 하며, 차를 우리는 물의 온도는 90도 이상이어야 한다. 차를 따르기 전에 먼저 세척 및 예열을 하기 위해 뜨거운 물로 찻잔을 헹구거나 혹은 데우거나 끓

간단해진 현대 다기

인다. 공부차를 마실 때 중요한 것은 찻물을 각 잔에 고르게 나누고 각 잔의 양과 색을 비슷하게 유지하는 것인데, 이렇게 차를 따르는 방법을 '관공순성(關公巡城)'이라고 한다.

관공순성(關公巡城)

새벽의 난아오 섬

차를 마시는 환경은 변하고 있지만 공부차의 본질은 변하지 않는다. 뱌오와 차를 사랑하는 여타 사람들의 존재로 인해 공부차는 현대생활에서도 사라지지 않았고, 반대로 차 속의 건곤(乾坤)은 시대와 함께 발전하는 방식으로 현재의 우리 일상생활에 더 잘 녹아 있다. 지난 수십 년 동안 차오산 공부차는 중국을 넘어 세계로 뻗어 나갔다. 현대생활은 빠르게 돌아가는데, 가끔 덧없는 인생에서 잠시나마 짬을 내어 좋은 친구 두세 명과 공부차 한 잔을 마시며 시간의 여유를 즐기는 것도 일종의 여유와 즐거움이 아닐 수 없다.

한 해의 설렘 무이산 투차대회

무이산맥은 나쁜 바람은 막히고 정기는 모인다는 일명 장풍취기(藏風聚氣)의 땅으로, 장관을 이루는 용정폭포(龍井瀑布)는 곧바로 흘러 떨어지고, 급하게 흐르는 시냇물은 석담(石潭)을 더욱 고요하게 한다. 맑고 차가운 산속 샘물은 미네랄이 풍부한 개울로 합류하는데, 이 귀중한 별천지 다원(茶園)에 완벽한 수원(水源)을 제공하여 독특한 차 맛을 형성한다.

대홍포 찻잎

무이암차(武夷岩茶)라는 이름은 이런 특별한 풍토와 지형에서 비롯된 것이다. 바위가 많고 미네랄이 풍부한 토양에서 자라는 무이암차는 아주 귀한 대접을 받는다.

이 암차의 핵심 산지에서는 매년 성대한 의식이 하나 열리는데, 이는 산속의 차농들이 1년 중 가장 기다리는 행사이기도 하다. 매년 한 차례 열리는 이 투차대회(鬪茶大會)에는 누구나 참여할 수 있으며, 최고의 차를 만날 수 있는 절호의 기회가 된다.

대홍포는 '암차의 왕'으로 알려져 있으며, 세계에서 가장 비싼 차 중 하나이다. 같은 무게의 황금보다 비싼 차가 바로 무이산의 대홍포다.

Legend of TEA

대홍포(大紅袍)는 오랜 역사를 지니고 있는데, 가장 이른 것은 16세기까지 거슬러 올라갈 수 있다. 전설에 따르면, 과거시험을 보러 가던 한 젊은 선비가 무이산(武夷山)을 지나던 중 심각한 병에 걸렸는데 다행히도 어느 방장스님이 암차(岩茶)를 우려줘서 병을 고치게 되었다. 선비는 기적적으로 완쾌되었고, 시험에 장원으로 급제하여 황제로부터 아름다운 대홍포 한 벌을 상으로 받았다. 선비는 생명을 구해준 은혜에 감사하며 그 대홍포를 차나무에 둘러주었다. 그때부터 '대홍포'라는 이름이 붙어 오늘에 이른다.

톈신촌(天心村)은 무이암차의 핵심 산지로, 기후가 습하고 안개가 많으며 강우량도 풍부하다. 게다가 거대한 산줄기로 보호되어 외부 오염이 적기 때문에 차를 재배하기에는 이상적인 환경이다. 이곳에서 생산되는 차는 매우 인기가 높아 전세계 차 애호가들이 앞다투어 찾고 있다.

톈신촌 암차 산장(山場)

투차대회 현장

투차대회에 참가한 차들

텐신촌의 투차대회는 매년 가을 열린다. 그해의 최고 암차를 선정하기 위해 3일 동안 진행되며, 대회 기간에는 그 일대가 무척이나 떠들썩하다. 대회의 명성이 높아서 전국 각지의 사람들이 몰려드는데, 최고의 차를 찾기 위해 멀리 싱가포르나 말레이시아에서도 사람들이 찾아온다.

투차대회의 특징은 블라인드 판정으로, 차를 마시는 사람들은 그 차들이 누가 만든 것인지 알지 못한다.

사전 선발을 거쳐 100여 가구의 차들이 최종 경쟁에 나서는데, 올해엔 '천 따거(형님)'로 통하는 천(陳) 씨와 '샤오 아주머니'로 통하는 샤오(肖) 씨 부부의 차도 거기에 들었다. 이들은 매년 3톤 정도의 암차를 생산하여 세계 각지로 판매하는 현지의 근면한 차 농사꾼이다. 이 부부는 지난 40여 년 동안 최고의 암차를 만들기 위해 끊임없이 노력해 왔다.

샤오 아주머니는 평소 사람들이 트럼프·마작·춤 등을 하자며 그녀를 찾아오지만 자기는 나가지 않는다고 말한다. 그런데도 투차대회가 열리는 3일간은 매일 아침 7시에 행사장에 도착했다. 매년 열리는 이 대회에서 그녀가 가장 기대하는 것은 행사 기간 내내 참가자 테이블에 앉아 있는 것이다. 거기 앉아서 사람들에게 자기의 차를 맛보여주고 그 차를 응원하고 싶은 것이다. 투차대회에서의 수상은 그 차에 대한 중요한 보증이 된다. 샤오 아주머니는 올해 자신이 만든 차에 자신이 있다.

암차 제다 과정의 요청(搖靑)

초제(炒制)

유념(揉捻)

홍배(烘焙)

배화(焙火)를 위해 재로 숯불을 덮는다.

대회 반년 전부터 이들 부부는 정성껏 준비를 하기 시작했다. 올해엔 직접 만든 수선(水仙)·육계(肉桂)·대홍포 3종의 차를 출품하기로 하고 그 준비에 만전을 기한 것이다. 풍부한 차향을 얻기 위해서는 홍배하는 시간과 온도를 정확하게 조절해야 하는데, 90도의 고온에서 3개월 동안 천천히 말려야 한다. 이렇게 반복적으로 말려야 차 안의 미네랄 맛이 촉촉하게 된다. 이 수공예의 역사는 300여 년 전으로 거슬러 올라가며, 지금까지 대대로 전해져 오늘에 이르렀다.

암차 우리기

이들 부부는 최고 좋은 암차 한 차호를 우려서 친한 친구인 샤오쿤빙 (肖坤冰)에게 맛보게 했다. 샤오쿤빙은 서남민족대학교의 교수이자 인류학자이며 차학자로, 10여 년 동안 암차의 음다 풍속을 연구하고 있다. 첫 번째 차탕에서 그녀는 암운을 맛보고, 일곱 번째 차탕에서야 차의 화향(花香)이 비로소 천천히 발산되는 것을 느낀다. 이렇게 우려낼 때마다 다른 맛과 향을 내는 것이 바로 암차의 특별함이다.

샤오쿤빙(肖坤冰) 인류학자

> 현재 톈신촌의 암차는 차 가운데 일품이기 때문에 일반 소비자들에게는 가격이 좀 비싸고 소비할 여력이 없을 수도 있습니다. 하지만 3일간의 투차대회 동안에는 현장에 와서 컵만 얻으면 가장 좋은 이 정암차(正岩茶)를 모두 무료로 마실 수 있습니다. 그래서 다들 명절의 들뜬 기쁨 같은 걸 느끼게 됩니다.

톈신촌은 1998년 무이산이 세계유산으로 등재되면서 생겨난 '신촌'으로, 그 이전까지 이 마을 사람들의 조상들은 대대로 관광지 내의 수렴동(水簾洞)·연화봉(蓮花峰)·천심묘(天心廟)·혜원사(慧苑寺)·마두암(馬頭岩) 등지에 흩어져 살았습니다. 모두 엄청 유명한 암차 산지들입니다. 이 명승지들을 떠난 후에도 마을 사람들은 여전히 가업을 이어받아 차로 생계를 꾸려갑니다. 일부 신흥 차구(茶區)가 회사 관리 시스템을 채택한 것과 달리, 톈신촌의 차창(茶廠)은 전통적인 가정이 생산 조직의 단위이기 때문에 공장과 가정이 하나입니다. 마을의 차창은 대부분 4층짜리 작은 양옥이고, 공장과 집이 하나로 되어 있으며, 주인의 일상생활과 차 가공이 모두 한 건물 안에서 이루어집니다.

투차는 차의 우열을 겨루는 것으로 투명(鬥茗) 혹은 명전(茗戰)이라고도 하며, 승부의 색채가 아주 강합니다. 투차는 당나라에서 시작되어 송대에 한창 흥했습니다. 재미와 도전성이 풍부하기 때문에 문인과 선비는 물론 장사꾼과 심부름꾼들도 모두 좋아했습니다. 투차와 관련된 기록으로는 송나라 휘종(徽宗)의 《대관다론(大觀茶論)》, 채양(蔡襄)의 《다록(茶錄)》, 황유(黃儒)의 《품다요록(品茶要錄)》 등이 있죠. 송대에는 이처럼 문인과 선비의 참여 및 저술로 투차의 풍조가 매우 성하였습니다. 투차 참여자는 각기 소장한 차를 가지고 교대로 끓이고 서로 평가하여 우열을 가렸습니다.

현대 무이산의 투차는 2001년부터 시작되었습니다. 매년 11월 이후가 되면 그해의 차는 정제 가공이 완료되고, 각 산지의 기관 및 협회는 일련의 투차대회를 조직합니다. 현지의 크고 작은 투차대회 중 톈신촌의 투차대회는 정암차 생산구역에서 열리는 대회라는 우위를 점하고 있어 단연 가장 매력적입니다.

투차대회 현장에는 두 개의 평가 구역이 있는데, 하나는 노천에 천막을 친 완전 개방적인 품차 구역 즉, 대중 평가 구역입니다. 현장에 온 사람은 누구나 테이블에 둘러앉아 한 줄로 늘어선 10포의 암차를 맛보고 점수를 매길 수 있습니다. 톈신촌은 관광지 입구에 있어 들락날락하는 관광객이 많은데, 이것은 인기를 끌기 위한 조치입니다. 다른 하나는 마을회관 3층에 마련된 전문가 평가 구역으로, 현지 유명 암차 전문가들이 심사위원회를 구성해 하나하나 품평하고 까다롭게 점수를 매깁니다. 대회는 전문가 그룹의 점수를 위주로 진행되는데, 전문가 그룹의 점수가 80퍼센트를 차지하고 일반인의 점수는 20퍼센트에 불과합니다.

톈신촌에 투차대회를 보러 오는 사람들은 주로 전국 각지의 차 상인과 차 애호가들입니다. 그 외에 오래된 암차를 좋아하여 동남아시아에서부터 오는 사람도 있습니다. 또 최근에는 유럽에서도 전문적으로 관광단을 조직해서 이 기간 동안 무이산을 방문하여 관광도 하고 투차도 구경합니다. 암차 애호가들에게 이러한 여행은 경제적으로도 매우 수지가 맞는 것입니다. 시장에서 정암차 500그램의 가격은 1만 위안(약 190만 원) 이상에 달할 수 있습니다. 대도시의 고급 클럽에서 암차는 모두 잔으로 판매되는데, 한 잔에 500위안(약 10만 원) 이상이죠. 게다라 이런 고급 클럽의 암차는 유통업체의 손을 여러 번 거치기 때문에 그것이 정말로 정암차 생산구역에서 온 차인지 매우 의심스럽습니다. 그런데 투차대회 기간 동안 사람들은 현장에 가서 컵 하나만 받으면 마음껏 정암차를 마실 수 있습니다. 현장에서 마시는 차는 정암차 생산구역의 보증서가 있을 뿐만 아니라(조직위원회가 블라인드 판정으로 일부 제품은 아예 도태시킴), 원하기만 하면 하루 이틀 안에 수백 개의 정암차를 마실 수 있어 호텔과 항공료도 뽑을만한 가치가 있습니다.

톈신촌 사람들은 보통 각 가정에서 각자의 차를 만들고, 기껏해야 친한 여러 가족이 서로 돌아다니며 기술을 연마합니다. 그러나 투차대회 기간에는 모두가 특정 집안의 찻자리 앞에 앉아 차를 맛보고, 서로 비교하고 교류하며 자신의 차 제조 경험과 단점을 파악하게 됩니다. 말하자면 투차대회가 기술을 교류할 수 있는 플랫폼을 제공하는 셈입니다. 톈신촌의 투차대회는 암차 애호가나 마을 사람들 모두에게 명절과 같은 들뜬 즐거움을 선물합니다.

다원과 기술이 차의 품질을 결정하지만, 톈신촌 사람들은 상을 받을 수 있는지 없는지는 운(運)에도 달려 있다고 생각합니다. 이는 구체적인 투차 방식과 관련이 있는 것으로, 품차의 각 라운드는 모두 10포의 차를 함께 비교해서 평가하므로 경쟁하는 상대 차의 강약이 매우 중요합니다. 만약 이번 라운드에서 마침 다른 차들의 품질이 매우 좋다면 자신의 차가 패할 가능성이 높죠. 반대로 10포의 차에서 공교롭게 다른 차들의 표현력이 그렇게 강하지 않다면 자신의 차가 두각을 나타낼 수 있습니다. 따라서 투차대회에서 대상을 받으려면 천시(天時), 지리(地利), 인화(人和)가 하나라도 빠져서는 안 됩니다.

심사위원의 정밀한 품평

투차대회 3일차, 이미 380개의 차가 도태되고 최종 20개가 남았다. 이 20개의 차는 최상품 중의 최상품이라고 할 수 있다. 남은 이 차들이 누구의 집에서 나왔는지는 여전히 아무도 모른다. 심사위원들에게도 이 차들을 평가하는 것은 매우 어려운 일이다. 모양과 탕색을 보고, 향을 맡고, 맛을 평가하고, 엽저(葉底)를 감상하되 어느 하나도 소홀히 할 수가 없다.

최종 라운드가 끝나자 참가한 모든 차농들이 초조하게 결과 발표를 기다린다. 시간이 흐르고 상이 하나둘 발표되면서 모든 대회 일정도 막바지에 다다른다. 발표가 거의 끝나가던 순간, 드디어 사회자가 대홍포 부문 은상 수상자가 바로 천 씨 부부라고 발표했다. 무대에 올라 상을 받는 샤오 아주머니가 유난히 환하게 웃는다. 감격과 기쁨이 표정에 그대로 드러난다.

투차대회는 매우 흥미진진해서 이 산에 사는 사람들에게는 이제 없어서는 안 될 생활의 일부가 되었다.

최종까지 남은 20개의 차

차에 대한 끝없는 사랑

FOR THE LOVE OF TEA

정신을 깨우다

배움 아미산의 차와 무술

아미산(峨眉山) 기슭에는 독특한 무술 하나가 천 년 동안 계승되고 있는데, 이 무학(武學)이 현지의 차 문화와 상부상조하여 서로를 돋보이게 만들고 있다. 아미산의 험준한 봉우리가 아미산파 무술의 치열함을 만들어냈다면, 이곳의 풍토와 기후, 특히 추운 한겨울은 아미차만의 독특한 개성을 만들어냈다.

아미 무술은 춘추전국시대 사도현공(司徒玄空)이라는 무인에게서 유래했다고 전해진다. 전설에 따르면 사도현공은 은퇴 후 아미산에서 수련을 했는데, 아미산의 날랜 원숭이와 날마다 함께 지내면서 아미통비권(峨眉通臂拳)과 원공검법(猿公劍法)을 창안했다고 한다.

아미 쿵푸

아미 무술의 전수자이자 교육자인 왕차오(王超)는
험준하고 성스러운 아미산에서 무학을 전승하고
있다. 동자공(童子功)부터 연마했는데, 이후 세월이
흐르면서 그는 끊임없이 육체의 한계를 돌파해 왔
다. 그의 무예는 심신합일, 내외겸수, 단호하되 고
인 물처럼 고요하고 차분한 마음을 목표로 삼는다.

아미 권법

무술 연마가 끝나면 왕차오는 아미설아(峨眉雪芽)
한 차호를 우린다. 그는 차를 마시는 평화로움과
고요 속에서 무술이 추구하는 '정(靜)'의 진면목을
본다고 한다. "무예를 연마하는 것과 차를 마시는
것은 똑같다."고 그는 말한다. 예컨대 찻잎이 수중
에서 물에 둥둥 떠다가 천천히 가라앉는 상태는 마
치 무술을 연마하는 동안 마음을 가라앉히고, 마음
을 닦고, 더 나아가 자신의 마음을 정화하는 침전
과정과 같다는 것이다. 차를 마시는 것조차 그에게
는 이렇게 무예를 단련하는 하나의 방법이 되었다.

아미 검법

물속에서 되살아나는 아미설아

아미산의 겨울

아미산의 날씨는 그야말로 변화무쌍하여 민간에는 "하루에 사계절이 있고, 십 리 안의 날씨가 다르다."는 말이 생겨났다. 이러한 자연환경은 식물의 생장에 매우 유익하며, 실제로도 아미산에 서식하는 식물 종류의 수는 중국 전체 식물 종류의 약 10퍼센트를 차지한다. 아미산은 동일한 위도의 지역 가운데 식생이 세계에서 가장 완전하게 보호되는 지역이다. 고도가 높아짐에 따라 토양의 미네랄 분해가 가속되는데, 산 위의 칼륨 함량은 산기슭의 세 배에 달할 수 있다. 북부의 높은 산과 풍부한 식생이 찬 공기에 대한 장벽을 형성하기 때문에 아미산의 차나무는 겨울에도 생장을 멈추지 않는다.

겨울 아미산의 운무

아미산의 서리와 눈은 설아차(雪芽茶, 쉬에야차)에 독특한 풍미를 부여한다. 높은 산의 저온 환경에서 자라는 차나무는 새싹과 잎에 다량의 아미노산을 축적하게 되는데, 이것이 차의 폴리페놀 및 카페인과 황금비율을 이루어 차의 맛을 향상시킨다. 아미설아가 상쾌하고 단맛이 많이 도는 것이 이 때문이다. 동시에 서리는 차나무 진드기와 같은 해충을 죽일 수 있어 살충제 사용을 줄여준다. 이렇게 다양한 천연의 환경 덕분에 설아차는 특별한 부드러움과 매끄러운 맛을 지니게 된다. 입안의 느낌은 신선하고 상쾌하며 향기가 강하다.

아미산에 봄이 오면 쌓인 눈이 녹고 차 따는 계절이 시작된다. 아미산은 일년 내내 구름이나 안개 낀 날이 많아서 명전차(明前茶, 4월 5일 무렵의 청명 이전에 만든 차)의 수확 시간이 매우 빠듯하다. 차를 딸 수 있는 날짜가 겨우 5일 내외에 불과하고, 아주 어린 싹이기 때문에 하루에 겨우 서너 근밖에 따지 못한다. 그래서 차 농가에는 "하루 일찍 따는 것은 보배요, 하루 늦게 따는 것은 풀이다."라는 말이 전해진다.

현지의 차농들에게 1년에 한 차례 봄차를 따는 일은 시간과의 전쟁이다. 고품질의 명전차를 위한 찻잎 기준은 매우 엄격한데, 우선 그날 새로 나온 차싹만 사용한다. 다음으로는 영양과 맛을 보장하기 위해 차싹은 반드시 단아(單芽, 1아)여야 한다. 또 경험 많은 차농이 하나씩 따서 각 차싹의 온전함과 신선함을 유지해야 한다.

눈이 쌓인 차나무

최고급 설아차는 가장 어리고 부드러운 싹으로 만드는데, 아직 펴지지 않고 말린 모양에 가냘프고 유연한 것이어야 한다. 차 500g을 만들려면 이런 차싹 4만 5,000개가 필요하다. 이처럼 어린 차싹의 온전함과 신선함을 유지하기 위해 현지에서는 경험 많은 차농들이 엄지손가락과 집게손가락으로 차싹을 일일이 부드럽게 잡고 들어 올리는 방법을 사용하여 하나씩 하나씩 채취한다.

말린 차싹

차싹을 들어올려 딴다.

큰 솥에서 덖는다.

아미다원의 차농 관정하이(官正海)는 "무예와 제다
에서는 똑같이 손의 민첩도가 중요하다."고 말한
다. 차 만드는 사람의 빼어난 솜씨가 지리적 이점
에 더해진 결과가 바로 아미설아라는 말이다. 갓
따온 신선한 찻잎은 우선 큰 솥에 넣고 덖어야 하
는데, 찻잎을 뜨거운 솥에 넣고 재빠르면서도 고르
게 익히려면 작업자의 손놀림이 몹시 빠르지 않으
면 안 된다. 매우 뜨거운 솥 안에서 반복적으로 차
를 던지고 휘젓고 뒤집어야 한다. 제다 기술 수련
도 쿵푸 수련과 마찬가지고, 결국은 차가 곧 쿵푸
(功夫)다. 덖은 후에는 등나무 체반에 놓고 차를 유
념하는데, 그 사이에 차를 만드는 사람이 끊임없이
차를 가지런히 풀었다가 눌러주기를 반복해야 한
다. 이러한 제다 절차는 모두 차 만드는 사람의 손
재주를 시험하는 것이다.

솥 안의 찻잎

유념

차 만드는 사람은 마치 무술을 익히는 소년의 주먹
이 손을 떠나지 않는 것처럼 부단히 제다 기술을
연마해야 한다. 무예 연습장 안에서 소년들이 무술
을 연마하고 있는데, 한 동작 한 자세를 이어가는
왕차오 손자의 앳된 눈빛에는 수십 년 전 그의 눈
이 그랬던 것처럼 단호함이 가득하다.

아미산을 비롯하여 신령스런 여러 산들에서는 차
가 무학과 융합되어 있다. 차가 중국 전통문화의
정수에 미치는 영향의 일단을 이로써 알 수 있다.

STORY 13
구도 어느 비구니의 제다 수행

Legend of TEA

당나라 때의 일이다. 두 명의 승려가 먼 곳에서 조주종심(趙州從諗) 선사에게 찾아와 무엇이 선(禪)인지 가르침을 청했다. 선사가 그중 한 승려에게 "당신은 전에 와본 적이 있습니까?" 하고 물었다. 그 승려는 "온 적이 없습니다." 라고 대답했다. 선사는 "차나 마시게[喫茶去]!"라고 말했다. 선사는 또 다른 스님을 향해 "당신은 전에 와본 적이 있습니까?"라고 물었다. 그 승려는 "제가 와본 적이 있습니다."라고 대답했다. 선사는 "차나 마시게!"라고 말했다. 그러자 원주스님이 "선사님, 어찌 온 적이 있는 분에게도 차나 마시라고 하시고, 온 적이 없다는 분에게도 차나 마시라고 하셨습니까?"라고 호기심을 가지고 물었다. 선사가 원주스님의 이름을 부르니 원주스님이 대답하자 선사는 "너도 차나 마셔라!"라고 대답했다.

조주선사의 '끽다거(喫茶去)!'는 많은 불교 수행자들에게 풀기 어려운 화두가 되었는데, 차를 마시는 것과 참선 수행 사이에는 도대체 어떤 관계가 있는 것일까.

후베이(湖北)성에 있는 노화암(蘆花庵)의 주지 훙융(宏用) 스님은 다른 비구니들과 함께 차를 통한 선(禪) 수행을 실천 중이다.

노화암에는 채소 심기, 향 만들기, 청소, 요리 등 참선 수행에 응용할 수 있는 다양한 수행법들이 마련되어 있다. 이 절의 비구니 스님들은 상황에 맞게 대처하는 데 능숙하고, 외부 여건이 어떻든 수행을 멈출 생각이 없다. 이들의 가장 기본적인 수행법은 좌선(坐禪)으로, 이때 차가 중요한 역할을 한다. 그녀들은 꽤 다양한 차를 마시지만, 종합적으로 말하자면 채식주의의 실천으로 인해 위장이 매우 민감해져 있기 때문에 보통은 매우 순한 발효 홍차를 선호한다.

노화암은 안후이(安徽)·후베이·지앙시(江西)성 경계 지역에 위치하고 있으며, 암자의 뒤편 산에는 야생 차나무가 자라고 있다. 훙융 스님은 제다 체험을 비구니들이 자성(自省)할 수 있는 좋은 기회로 보고, 스님들을 조직하여 뒷산의 야생 찻잎을 따고 차 만드는 법을 배우게 했다.

후베이성 노화암

이 절의 비구니 스님들은 이제 모두 차를 만들게 될 터인데, 여기서 중요한 것은 차 만드는 방법에 대한 학습이 아니라 차 만드는 과정을 통한 정신적 수행과 참선이다. 선(禪)의 관점에서 볼 때 차의 좋고 나쁨은 전혀 중요한 문제가 아니며, 차를 만들고 마시는 전 과정을 통해 자신을 관찰하고 그 본연의 실체인 참나를 이해하는 것이 가장 중요하다.

몇몇 젊은 비구니들의 경우 이번 차 만들기 수행을 통해 진정한 출가생활로의 전환을 완성하는 계기가 될 것이다. 젊은 비구니인 위모(語墨) 스님과 얼마 전에야 막 삭발을 한 뤄셔우(若守) 스님이 바로 그들이다. 그녀들의 담담하고 고요한 여정을 따라가 보자.

흥융 스님이 비구니들과 산에 올라 차를 따고 있다.

자원봉사자들이 스님들에게 차 만드는 방법을 가르치고 있다.

비구니 스님들은 찻잎을 따기 전에 먼저 차나무 앞에서 간단한 의식을 치른다. 훙융 스님은 모두에게 "우리는 우선 감사하는 마음을 가져야 합니다."라며 "그들(찻잎)이 주인이고 우리는 손님입니다. 우리는 이들에게 맛있는 것을 부탁하러 온 셈이죠."라고 말했다. 차를 따는 과정에서는 저마다 차싹 하나에 모든 주의력을 집중시키는 것이 중요하다. 찻잎을 따는 순간 마음이 고인 물과 같아야 한다.

제다 경험이 없는 몇몇 비구니들을 위해 훙융 스님은 자원봉사자들을 초청하여 스님들에게 차 만드는 방법을 가르치도록 했다. 비구니 스님들에게 차를 만드는 데 가장 중요한 것은 마음이다. 열 명이 함께 똑같은 과정을 밟아 차를 만들더라도 사람마다 차는 달라질 수 있다. 색상·모양·질감·향기는 물론 차탕의 최종 맛에 이르기까지, 차이는 모든 단계에서 발생한다. 차 한 잔은 실제로 차를 만드는 사람들의 모든 지식과 마음을 포함하고 있으며, 차를 만드는 사람들의 생각과 태도를 반영한다.

본격적인 제다를 위해서는 먼저 찻잎을 골라야 한다. 이물질이나 줄기 따위는 버리고 신선하면서도 어린 찻잎만 골라내는 작업이다. 매우 간단해 보이는 이 작업에도 사실 깊은 이치가 숨겨져 있다. 뤄셔우 스님은 찻잎을 고르는 과정을 통해 수행자의 삶을 돌아본다. 신선한 잎을 고르는 일은 단조롭고 시간이 오래 걸리며, 여기에는 빨리 갈 수 있는 어떤 지름길도 없다. 수행 역시 마찬가지다. 뤄셔우 스님은 인생이란 여러 가지 장애물에 부딪힐 수 있고, 그 기간은 결코 순탄치 않다는 것을 찻잎 고르는 과정에서 배운다.

신선한 찻잎을 하나하나 골라야 한다.

그다음에는 차를 유념한다. 유념을 할 때는 어느 정도 기교가 필요하고 힘 조절도 필요하다. 이 단계에서의 핵심은 힘을 가볍게 하여 한 방향으로 유념하는 것이다. 위모 스님의 첫 번째 유념은 잘 되지 않아서 찻잎이 망가졌는데, 그 과정에서 스님은 수용(受容)의 자세와 방법을 배운다. 그녀는 이것이 수행에도 꼭 필요하다는 것을 알고 있다. 아무도 매사에 성공할 수는 없고, 실패를 받아들이는 법을 배워야만 수행에도 비로소 진보의 여지가 생기는 것이다.

다음날, 차는 하룻밤의 홍배를 거쳐 마침내 완성되었다. 비구니 스님들은 저마다 자기가 만든 차를 정성껏 병에 담고 이름표를 붙인다. 이렇게 매년 제다가 완료되면 훙융 스님은 차 시음회를 연다. 비구니 스님들이 직접 만든 자기 차를 도반들과 함께 맛보고 감상할 수 있도록 하는 것이다.

완성된 차를 나누어 담는다.

비구니 스님들이 만든 차

이날도 비구니 스님들은 자기가 만든 차 맛이 어떨지 매우 궁금해하며 한 자리로 모여들었다. 뤄셔우 스님은 자기 차에 일엽녹장청(一葉綠長靑) 이라는 이름을 붙였는데, 그 차에서 사람들과 조화롭게 지내는 것을 좋아하는 자기의 성격처럼 맑고 달콤한 맛을 느꼈다. 반면에 위모 스님은 자기가 유념한 차인 '합희도(合喜度)'가 최악의 차라고 스스로 인정했다. 그러나 이 찻자리에는 결코 승패가 없고, 위모 스님도 차의 품질을 걱정할 필요가 없다. 중요한 것은 차를 만들고 마시는 그 과정 자체이며, 거기서 선의 진미를 깨달아야 한다.

깨달음을 추구하는 도중에는 아무래도 허망과 겨뤄야 한다. 차는 독특한 특성으로 우리를 일상에서 벗어나게 하고 속세를 초월하게 한다.

홍융(宏用) 스님

" 우리는 어떤 차가 매우 좋다는 것을 알아도 거기에 집착하지 않고, 어떤 차가 매우 나쁘다는 것을 알아도 거부하지 않습니다. 집착과 거부는 번민과 고통의 근원입니다. 평상심이나 평범함을 유지하면서 어떤 상황에서도 평온함을 느낀다면 우리는 곧 안심(安心)할 수 있습니다. 차는 거울과 같아서 우리 자신을 비추는 데 쓰일 수 있습니다. 우리가 차 속에서 자신의 느낌·감정·생각을 명확하게 인식할 수 있을 때, 다른 사람도 명확하게 볼 수 있습니다. 차는 현실을 반영하고 우리가 선에 들어가 자기 관조를 시작하도록 도와줍니다.

언제 어디서나 당신은 당신의 내면을 보고, 자신의 본질과 진실의 본질을 발견해야 합니다. 당신은 자신을 볼 수 있을 때 이 세상을 볼 수 있고, 주변의 모든 사람과 모든 일도 볼 수 있습니다. 수행은 항상 자신에 대한 생각입니다. 곤혹과 허망함으로 당신의 하루하루를 보내거나 어떤 일을 한다면 당신은 결코 자유롭고 편안할 수 없으며, 깨달음은 더 말할 것도 없습니다. 우리는 명상으로 감성과 투철함을 단련할 수 있는데, 차를 만드는 것도 감성과 투철함을 연습할 수 있는 좋은 방법입니다.

수행자가 진정으로 '일미(一味)'에 도달할 수 있다면, 그가 마시는 모든 차는 감로(甘露)가 됩니다. 그렇다면 우리는 어떻게 해야 이 '일미'를 우리 일상 속으로 가져올 수 있을까요? 조주선사의 그 말씀, '끽다거(喫茶去)'를 제대로 배워야 합니다. 진정으로 차 마시는 법을 배워야 합니다. "

무릉도원 차를 준비하는 마음

차는 즐겁게 마실 때 마음이 트이고 기분도 상쾌해진다. 이때 필요한 것이 의식이나 예절로서의 차 문화 혹은 다도(茶道)이며, 이는 수양과도 관련이 있다. 오늘날 차인들은 아주 새로운 다도를 개척하는 한편으로 전통 차 문화의 많은 장점을 널리 취하고 있다. 예컨대 정교한 다기와 같은 공부차(功夫茶)의 전통적 요소를 포함하는 동시에 일본 다도에 나타나는 의식(儀式) 요소도 일부 융합하는 식이다. 이런 외형과 형식도 중요하지만, 다도의 본질은 최상의 차 한 잔을 손님에게 대접한다는 마음이다. 이를 구현하기 위해 감각적 경험과 정신의 확장 및 철학적 내용의 탐구가 생겨났다. 이러한 현대의 다도는 전통에 뿌리를 두면서 동시에 더 완벽한 정신의 경지를 끊임없이 추구한다.

찻자리

량쥐안(梁娟)은 다도 전문가인 셰즈장(解致璋)을 따라 차를 배운 지 벌써 13년이 되었다. 셰즈장은 현대 찻자리(茶席)의 새로운 개념을 제안하는 차인이다. 좁은 의미에서 차석은 차를 마시는 테이블이지만, 이 개념은 그녀에 의해 차를 마시는 환경으로 확대되었다. 차를 마실 때는 환경을 깨끗이 하고 세심하게 배치하여, 마치 옛 그림에나 나올 것 같은 청아한 분위기를 조성해야 한다.

찻자리는 형식상 꽃밭을 하나 가꾸는 것과 같은데, 이 꽃밭은 저마다의 내면에 있는 심리적 피난처와 같다는 것이 셰즈장 여사의 생각이다. 따라서 그 꽃밭은 외부에서 찾을 필요가 없고, 몸이 어디에 있든 우리는 찻자리의 창의적 설계를 통해 이를 찾아낼 수 있다. 찻자리의 테이블 위에는 그 찻자리를 만든 사람의 삶의 궤적이 나타나며, 그 사람의 애호와 색채 관념도 그 찻자리 위로 모이게 된다. 그래서 다도 수련은 미학적 감성과 창의력을 기르는 데 도

다도 전문가 셰즈장

움이 될 수 있고, 또 사람들을 느긋하고 안정되게 해줄 수 있다. 이런 이유로 셰즈장은 제자들에게 찻자리는 가능하면 새로운 창작을 위주로 하고, 자기 마음속에서 표현하고 싶은 감정을 최대한 발견해 내라고 지도하고 격려한다.

찻자리

기예를 닦는 길에는 영원히 끝이 없다. 셰즈장 여사는 중국화에 대한 연구도 많이 한다. 경지가 유원하고 산수 풍광이 아름다운 곳을 찾아 차를 마시는 것은, 송나라와 명나라의 그림에서 흔히 볼 수 있는 장면이다. 그런 전통적 의미를 되찾고 인간 본연의 자연스런 생활환경을 체험할 기회를 갖기 위해 셰즈장은 학생들을 이끌고 도시의 소음에서 벗어나 특별한 야외에서 들차회를 개최하려고 한다. "자연 속에서 차를 마시는 것과 실내에서 마시는 것은 매우 다릅니다. 우리 인류는 원래 자연 속에서 살았기 때문에 바람 소리, 물소리, 새소리를 들으면 예민한 감각을 다시 깨울 수 있습니다. 우리가 꾸미는 찻자리는 멋진 무대처럼 보일 텐데, 결국에는 우리 모두 한 잔의 멋진 차탕을 기대하게 됩니다. 이는 마치 우리가 극장에서 주인공이 나타나기를 학수고대하는 것과 같습니다." 그리하여 셰즈장이 고른 이번 야외 차회의 장소는 번화한 도시의 남쪽에 위치한 산간 지역이다. 이곳은 푸른 산이 첩첩이 이어지고 시냇물이 졸졸 흐르며 동시에 찻잎이 많이 생산되는 곳이다.

찻자리를 꾸미는 량쥐안

100명 이상의 사람들이 이날 저녁의 들차회에 참석하는데, 학생들은 먼저 도착해서 찻자리 위치를 정하고 테이블 위치도 정한다. 찻자리를 설계하는 것은 한 폭의 그림에 담을 특별한 의미를 사전에 계획하는 것과 같고, 그 결과로 차의 맛을 증대시킬 수 있다. 팽주는 손님이 찻자리에 빠져들 수 있는 쾌적한 환경을 조성해야 한다. 그래야 손님도 긴장을 풀고 안심한 상태에서 차분하게 차탕을 자세히 맛보고 품차하는 정취를 마음껏 즐길 수 있다.

야외 차회에서도 핵심은 차다. 하지만 차만 좋다고 끝이 아니다. 팽주가 손님을 대접하는 법도는 차회의 형식에 표현될 뿐만 아니라 차탕의 맛에도 표현된다. 그러나 통제가 불가능한 야외의 환경에서 좋은 차를 제대로 우리는 것은 결코 쉬운 일이 아니다. 온도, 빛과 풍향의 변화가 모두 차의 맛에 영향을 미칠 수 있다. 따라서 찻자리 주인의 기예도 더욱 시험을 받게 된다.

몇 시간의 세심한 준비 끝에 손님들이 모두 도착하자 차회가 본격적으로 시작된다. 량 쥐안은 현지의 고산 우롱차를 준비했는데, 고산 우롱차는 광둥(廣東)의 봉황산(鳳凰山), 푸젠(福建)의 안시(安溪), 대만의 세 곳에서 많이 생산된다. 우롱차는 가공 방식과 우리는 방식이 가장 복잡하고 맛이 풍부한 것으로 알려져 있으며, 여러 번 우려도 여전히 잔향이 있고 우릴 때마다 풍미도 달라진다. 그리고 그 미묘한 변화는 섬세하게 체득할 가치가 있다.

손님에게 차를 따르는 량쥐안

물은 차의 두 번째 생명을 일깨우고, 손님은 차 향기를 맡으며 차탕을 자세히 품평한다. 밤이 깊어지면서 차회는 점입가경에 들어선다. 셰즈장 여사는 "이런 장면을 이미 여러 번 상상했는데, 마치 그림 속에 들어온 것 같다."면서 이번 차회에 만족을 나타낸다.

량쥐안은 오늘의 차회에서 자기가 보여준 완벽함이 지난 13년의 노력 덕분이라는 것을 알고 있다. 하나의 의식, 한바탕의 풍아한 모임, 오늘 밤의 차 향기, 그윽한 흥취, 깊고 큰 경계, 흐르는 물을 따르는 마음, 온통 맑고 깨끗함. 다도의 묘미는 많은 사람들로 하여금 량쥐안처럼 내면의 무릉도원을 찾게 만들었다.

밤의 찻자리

량쥐안(梁娟)

"

때때로 우리의 하루는 너무나 복잡하고 분주합니다. 이처럼 바쁘고 많은 일들이 뒤얽혀 어려움에 처하게 될 때, 저는 마음을 가라앉히고 저 자신을 위해 차 한 잔을 우립니다. 그 결과 많은 것을 잘 정리할 수 있게 됩니다. 사실 저는 성격이 급한 사람이기 때문에 일을 빨리빨리 하는 편인데, 차를 배우고 나니 많이 느려졌습니다.

차를 배우는 일에는 끝이 없습니다. 1~2년만 차 공부를 해도 누구나 맛있는 차를 우릴 수 있습니다. 그래서 실제로 친구들을 불러 차 마시러 오라고 자주 초대를 하기도 합니다. 하지만 조금 더 시간이 흘러 3~4년차가 되면 갑자기 깨닫게 됩니다. 아는 게 없고 부족한 게 많다는 걸 말이죠.

야외에서 차를 우리는 것은 매우 어렵고, 모든 차회가 곧 도전입니다. 많은 것을 장악할 수 없고, 무엇이 어떻게 될지 모릅니다. 이것은 우리가 차를 배우는 과정에서 겪는 또 하나의 색다른 경험이라고 할 수 있습니다. 사실 우리가 처음 차 공부를 시작하면 우리는 우선 차를 어떻게 넣는지, 찻잎의 양은 얼마나 쓰는지, 물의 온도는 어느 정도가 적당한지, 그리고 어떤 방식으로 차탕을 내는지에 주로 집중합니다. 그러다가 시간과 함께 계속해서 성장을 하게 되고, 일을 보는 각도가 점점 넓어지게 됩니다. 개울의 물 흐르는 소리를 들을 수 있게 되고, 그런 다음에는 개울 물이 아주 다양한 색깔을 가지고 있다는 것을 천천히 알게 됩니다. 이런 차회에 참가해 보면 우리 주변에 얼마나 아름다운 것들이 많은지 새삼 깨닫게 됩니다. 저로 말하자면, 저는 더욱 섬세해지고 배려심이 많아졌습니다. 타인과의 관계도 개선되었는데, 저에게 이것은 커다란 변화죠.

저는 다도가 많은 현대인들에게 마음속의 무릉도원이 될 수 있다고 생각합니다. 짜증 나는 직장 생활에서 벗어나, 당신 자신의 화원에서 그런 아름다움을 즐겨보세요. 제 생각에 우리는 응당 차와 함께 있어야 하고, 마땅히 오랫동안 함께 있어야 합니다. 그러면 누구나 조금씩 더 우아해지고, 조금씩 더 여유로워지고, 자신감이 생기고, 점점 더 삶이 즐겁게 변하면서 스스로 더 자유롭다고 느끼게 될 겁니다.

"

세상 끝까지 전해진
힘

TEA
TO THE END
OF THE WORLD

경제에
공헌하다

달빛 채집 다즐링의 새로운 도전

19세기 중반, 대영제국의 식민지이던 인도의 최북단 다즐링에 사람들은 중국에서 가져온 차나무를 심기 시작했다. 오늘날 이곳은 제국주의가 남긴 대량 생산의 유산으로부터 서서히 회복되고 있지만, 아직은 갈 길이 멀다.

유럽인들은 17세기부터 차라는 신기하고 새로운 음료에 빠져들기 시작했는데, 특히 영국에서 차에 대한 수요가 폭발했다. 17세기 말 런던의 차 수입량은 겨우 다섯 상자에 불과했지만, 19세기 중반에 이르자 영국은 매년 수만 톤의 차를 소비하게 되었다. 이러한 이유로 그들은 기꺼이 식민지의 숲을 벌채하고 차를 재배하기 시작했다. 대표적인 곳이 다즐링이고 이곳에는 초기부터 대규모 공장이 건설되었다. 그들은 노동자를 채용했는데, 노동자들은 장시간 노동과 저임금에 시달렸다.

인도 다즐링

다원 조성을 위한 삼림 벌채(자료사진)

다즐링의 초기 대형 차 공장(자료사진)

마카이바리다원(Makaibari Tea Estate)은 다즐링에서 가장 오래된 다원 중 하나이자 이 지역에서 최초로 인도인이 소유하게 된 다원이다. 마카이바리다원은 샘러(Samler)라는 영국 해군장교가 1852년에 세웠는데, 나중에 바네르지(Girish Chandra Banerjee)라는 인도인이 접수하여 관리했다. 지금도 이 가문은 현지에서 매우 높은 지위를 누리고 있다. 1970년 이 다원은 가문의 4대 후계자인 바네르지의 증손 스와라즈 쿠마르 바네르지(Swaraj Kumar Banerjee)에게 넘어갔다. 사람들은 그를 '라자(Lajah)'라고 부르는데, 인도어로 왕자(王子)라는 뜻이다.

바네르지

바네르지는 자신의 가족과 차 농장의 역사를 자랑스럽게 생각한다. 그는 자기 증조부가 인도의 차 산업이 번창할 때 샘러로부터 접수해서 관리하기 시작한 이 다원이 오늘날까지 여전히 '페일라 케티(Paila Khety)', 즉 '첫 번째 다원'으로 불린다고 말했다. 그런데 바네르지는 이런 과거의 영광에만 머무르지 않았다. 그는 품질이 가장 좋은 차를 만들면서도 토지에 해를 끼치지 않는 농법을 사용했으며, 또 마카이바리를 관리하면서 많은 혁신을 이끌었다. 일찍이 1980년대부터 그는 유기농으로 다원을 관리하기 시작했고, 이로 인하여 유명해졌다

다즐링 실버팁

오늘날과 같은 다즐링 지역 다원들의 대규모 생산 방식은 곧 종말을 맞을 수도 있다. 이에 바네르지는 지역의 차농들을 이끌고 그들의 경제를 발전시킬 새로운 방법을 모색 중이다.

다즐링 다원의 차 노동자들

니라지 프라단은 바네르지의 이런 계획에서 매우 중요한 사람이다. 프라단은 어릴 때부터 바네르지를 잘 따랐는데, 말하자면 바네르지는 프라단에게 아버지 같은 존재다. 차 농부 출신인 프라단은 차 가공 공장을 설립하여 현지의 다른 차 재배자들에게 서비스를 제공하고 판매 이익을 그들과 공유한다. 인도에는 9억 가구의 소규모 농가가 있는데, 바네르지는 프라단의 이런 프로그램이 여성의 지위를 높일 수 있고, 인도의 모든 농촌에 보급되어 인도 농민의 등대가 될 수 있다고 믿는다. 그는 프라단 같은 숭고한 정신의 풀뿌리 기업가야말로 인도의 미래라고 생각하는데, 영세 농가들이 여전히 다즐링에 사는 한 차를 재배하는 것이 유일한 생계의 수단이자 탈출구일 수밖에 없기 때문이다.

사실 바네르지가 생각하는 다즐링의 미래 비전은 다즐링 차 산업의 과거 역사와는 매우 이질적인 것이다. 이 차이는 19세기 중반에 영국이 중국차에 대한 의존에서 벗어나려고 시도했던 일련의 이야기에서 시작된다. 그 당시 중국은 유일한 차 생산국이었고 차 무역의 가격을 독점하고 있었다. 영국인들은 다른 곳에도 비록 차나무가 있지만 맛이 매우 좋지 않다는 것을 알아냈다. 이에 1848년 영국 동인도회사는 중국의 독점을 타파하고자 훗날 '차도둑'으로 알려진 스코틀랜드의 식물학자 로버트 포춘(Robert Fortune, 1812~1880)을 초빙하여 차나무를 중국에서 인도로 훔쳐왔다.

Legend of TEA

중국 상하이항에 도착한 포춘은 중국인으로 위장해 이마를 빡빡 깎고, 뒤로 길게 땋은 변발을 늘어뜨리는 속임수를 써서 고비를 넘기는 데 성공했다. 이러한 옷차림에 의지하여 그는 중국 내륙으로 가서 몰래 차 만드는 기술을 배우고, 차나무 씨앗과 묘목을 구한 다음 몰래 다즐링으로 운반하여 습하고 서늘한 산비탈에 심었다. 그것들은 그곳에서 매우 잘 자랐다. 1839년 첫 번째 인도산 차 상자가 런던에서 성공적으로 경매되어 영국 소비자들의 환영을 받았다. 이로부터 인도의 차는 놀라운 발전을 시작하여 중국을 능가했으며, 인도는 세계 최대의 차 생산국이 되었다.

이로써 인도의 대량 생산 시대가 열렸는데, 바네르지는 이런 체제가 지속될 것으로 생각하지 않는다. 그는 차의 경우 양이 아니라 품질을 추구해야 한다고 믿는다. "질과 양을 동일시할 수 없다."고 그는 힘주어 말한다. 대량 생산이 아니라 고품질 차에 다즐링의 미래가 있다는 것이다.

물론 다즐링 차의 품질은 지금도 의심할 여지가 없다. 다즐링 홍차는 장미향 화이트 와인의 풍미와 머스크향을 가진 차로 유명하다. 그럼에도 바네르지의 품질에 대한 추구는 거의 끝이 없다.

달빛을 받고 있는 실버팁

마카이바리다원의 달빛 채집

그는 '보름달이 뜨기 사흘 전부터 사흘 후까지의 짧은 기간 동안 찻잎이 품질 면에서 비약적인 변화를 보인다.'는 내용을 일찍이 할아버지의 일기에서 읽은 적이 있다. 이에 바네르지는 과학적인 근거를 찾아보려고 했지만 아무도 그에게 답을 주지 못했다. 이렇게 바네르지는 보름달의 효능을 설명해주는 과학적 증거를 찾지는 못했지만, 실제로 보름날 밤에 딴 찻잎으로 만든 차를 마셔본 뒤로는 할아버지의 견해를 진지하게 수용하기로 했다.

이때부터 보름달 달빛 아래서 찻잎을 따는 '달빛 채집'이 이 다원의 연례행사가 되었다. 보름에 맞추어 찻잎을 따는 일은 여러 면에서 상징적인데, 우선 일월성신(日月星辰)의 변화가 자연에 만들어내는

리듬에 순종한다는 의미가 있다.

찻잎을 따기 전에 이들은 항상 "우리는 영원하다. 우리는 대자연의 일부이기 때문이다."라는 뜻의 직접 만든 노래를 함께 부른다. 일꾼들은 단조로운 북소리에 맞추어 이 노래를 부른 뒤 횃불을 들고 앞으로 나아가는데, 의식을 치를 장소에 다다르면 다 같이 달빛의 세례를 받으면서 기도를 시작한다.

달빛 채집은 확실히 바네르지에게 많은 것을 가져다주었다. 오늘날 마카이바리다원은 다즐링에서 가장 유명한 차 농장 중 하나다. 2015년 나렌드라 모디 인도 총리가 영국을 방문했을 때 엘리자베스 여왕에게 선물한 차가 마카이바리다원의 '실버팁스 임페리얼(Makaibari's Silver Tips Imperial)'이었다.

STORY 16
황야의 푸른숲 조지아의 신생 다원

크리스티나 메히크(Kristina Mehik)와 그녀의 남편
한네스 하르푸(Hannes Saarpuu)는 아시아와 유럽의
고대 국경에 있는 조지아(그루지야)의 신세대 차 농
사꾼이다. 3년 전만 해도 그들은 에스토니아의 교
통 분야에서 일했고 차 산업에 종사한 적이 없었다.
어느 날 한네스는 차를 몰고 조지아로 드라이브를
갔다가 수백 개의 버려진 다원들을 우연히 발견하
게 되었다. 그는 크리스티나를 설득하여 둘이서 이
차밭들 일부를 임대하고 레니게이드다원(Renegade
Tea Estate)을 설립했다. 이때부터 이 땅의 옛 영광
이 다시 환하게 되살아나기 시작했다. 나아가 점차
인근의 국가들에서도 차와 관련된 꿈을 되살리려
는 사람들이 생겨났다.

조지아

'이단아 차농' 한네스와 크리스티나

조지아의 다원

조지아의 다원은 특별한 역사에서 싹이 텄다. 1888년 포포프(Popov)라는 러시아 상인이 중국 저장(浙江)성 닝보(寧波)로 차를 사러 갔다. 거기서 그는 광저우(廣州)에서 온 차 전문가 류쥔저우(劉俊周)를 만났고, 차 재배와 가공에 대해 그에게 자세히 물어보았다. 훗날 그는 류쥔저우를 초청해 조지아에서 직접 차를 재배하기 시작했다.

1893년 포포프와 류쥔저우는 차 씨앗 1톤과 차 묘목 1,000그루를 구입하고, 12명의 인부를 모집해 조지아행 배에 올랐다. 이 배는 남중국해에서 인도양으로 갔다가 말라카 해협을 거쳐 북쪽으로 수에즈운하·지중해·에게해와 흑해를 지나 마지막으로 조지아의 바투미(Batumi)항에 정박했다.

중국에서 온 차 노동자와 조지아 사람들은 조지아 서안의 습윤한 산악에 차 묘목을 심기 위해 함께 일했다. 그들은 80에이커(약 100만 평)의 땅에 차나무를 심었다. 엄청난 문화적 충격에도 불구하고 류쥔저우와 그의 노동자들은 인내심을 발휘하여 차 재배에 성공했다. 조지아에 첫 번째 차 공장이 문을 열었고 중국 방식으로 차를 생산했다.

이주 3년 후, 그들은 첫 번째 고품질 홍차를 생산했다. 그 후 조지아의 차 산업은 계속 발전하여 1990년대 중반까지 이 나라는 15만 에이커의 다원을 조성하고 연간 50만 톤 이상의 차를 생산했다. 조지아의 '차왕'으로 불리던 류쥔저우는 1900년 파리세계박람회에서 정성껏 골라 만든 '류차(劉茶)'로 세계 금상을 받았고, 1909년 러시아의 차르로부터 차 생

젊은 시절의 류쥔저우

산에 기여한 공로를 인정받아 외국인 최초로 메달도 받았다. 그의 아들 중 한 명은 현지 아가씨와 결혼도 했다.

류쥔저우가 일군 조지아 최초의 다원

류쥔저우는 조지아를 제2의 고향으로 여겼다. 그의 아들들은 아버지의 노력을 이어서 중국과 조지아 사이의 관계를 강화 발전시켰다. 첫째 아들 류샤오저우(劉紹周)가 주편한 《러한신사전》은 중국에서 러시아어 교육의 초석이 되었고, 둘째 아들 류웨이저우(劉維周)는 조지아 여성 유안나와 결혼하여 귀국 후 란저우(蘭州)대학 교수로 재직하였다. 손녀 말리 류 칸다렐리(劉光文)는 조지아에 유학하여 현재 트빌리시자유대학 교수이자 조중우호협회 회장으로 있다. 그녀는 조지아에서 중국어를 가르치는 첫 번째 교수이기도 하다.

1917년 조지아가 소련 체제에 합류하게 되면서 류쥔저우의 조지아 생활은 점차 미래가 불투명해졌다. 소련 시절 외국인은 공장 지배인이 될 수 없었기 때문이다. 1927년 그는 조지아를 떠나 중국으로 돌아갔다. 이후 류쥔저우가 남긴 다원은 모두 국유화되었으며 대규모 생산 체제가 가동되었다. 역사적 자료에 따르면 소련 시절 이들 다원에는 다양한 품종의 차나무들이 혼합되어 자라났고, 살충제와 화학비료가 사용되었다.

1991년 소련이 붕괴되자 차 생산이 갑자기 중단되었으며 산업 자체가 정체되었다. 아무도 이 다원의 주인이 누구인지 몰랐고, 불과 몇 년 만에 차 공장은 폐허가 되었다.

소련 해체 이후 폐허가 된 차 공장

찻잎을 따는 차 농사꾼들

그런데 신기하게도 들판에서는 차나무가 여전히 자라났다. 게다가 인간의 개입이 사라진 이후 차와 토양은 스스로 정화하는 놀라운 기적을 보여주었다. 이곳은 점차 특이한 풍토를 형성하였고, 차 종류도 각양각색이고 맛도 특별한 새로운 조합이 만들어졌다. 다원의 땅밑은 마치 경이로움이 가득한, 숨겨진 보물상자 같았다. 잡초 사이에서도 차나무들은 혼돈 가운데 저절로 질서를 만들어 서로 다른 종들이 조화롭게 공존하기 시작했다.

조지아의 다원에는 인도의 아사미카 품종이 있고, 중국의 시넨시스 품종도 있으며, 각종 새로운 잡종 차도 있다. 차나무마다 성장률이 다르기 때문에 차 재배자들은 차나무에서 언제 찻잎을 딸 수 있을지 예측할 수 없다. 이러한 이유들이 복합되어 이 차들은 매우 특별한 맛을 낼 수 있고 실제로 특별한 풍미를 지니게 되었다.

100여 년 전 류쥔저우는 부를 찾고 차 문화를 전파하기 위해 새로운 나라로 왔다. 지금도 그가 직접 심은 오래된 차나무를 볼 수 있고, 매우 엄격하고 근면하며 공평하고 존경스러운 극동 사람의 전설을 들려주는 기성세대의 이야기를 들을 수 있다.

오늘날 젊은 한네스와 크리스티나는 이 다원의 영광을 재현하려고 노력 중인데, 그들은 조지아의 차가 세계에서 독특한 위치를 차지하고 있으며, 비록 시간이 좀 걸릴지라도 미래는 다시 밝을 것이라고 굳게 믿고 있다.

한네스 부부와 말리 류 칸다렐리 여사

STORY 17
외딴 섬의 다원 아소르스의 고헤아나

아소르스 군도의 고헤아나다원

차의 생명력은 매우 강하다. 19세기부터 유럽에서 차에 대한 수요가 점차 증가함에 따라 지구상에서 가장 외진 지역에도 차나무가 심어졌다. 대서양 중부에는 세상과 단절된 화산군도인 아소르스(Açores, 영어명 Azores) 군도가 있다. 포르투갈에 속한 이 섬들 가운데 상미겔(São Miguel) 섬에 있는 고헤아나(Gorreana Tea Factory) 다원은 유럽에서 가장 오래된 다원이다. 섬의 경사지는 차를 재배하기에 매우 적합한 것이 사실이지만, 차 농사에는 토지 외에도 열정과 끈기가 필요하며, 때로는 여러 세대에 걸친 '패밀리'의 공동 노력도 필요하다.

약 13만 제곱미터(약 4만 평) 규모의 이 다원은 1883년 이래로 6대에 걸친 여성들의 전승을 통해 한 가족이 운영해 왔다. 지금은 마달레나(Madeleine)가 다원의 실질적인 주인이다. 그녀는 이미 30대 중반에 대륙에서 큰 성공을 거두었지만, 할머니와 어머니의 부름을 받고 고향으로 돌아와 섬에 있는 이 다원을 돌보고 있다.

다원을 경영하는 마달레나 집안의 3대 여성들

다원의 창시자인 마달레나의 5대조 할머니 에르멜린다 카마라(Hermelinda Pacheco Gago da Câmara)는 지혜롭고 강인한 여성이었다. 19세기 말, 섬 주민들의 생계수단인 오렌지 나무가 병해를 입었다. 무서운 마름병이 오렌지 숲을 송두리째 무너뜨리며 섬 전체 경제가 붕괴되었다. 에르멜린다는 궁지에 몰렸지만 포기하지 않고 섬 주민들과 함께 높은 산지에 차나무를 심으며 활로를 모색했다.

에르멜린다

류유판(劉有潘)과 류유텅(劉友騰)

그러나 차나무 재배 및 차 가공 경험이 부족하여 그들이 만든 차는 마실 수 없고 판매도 할 수 없었다. 전문가가 필요했는데, 마침내 1878년에 마카오에서 두 명의 중국인들이 이 섬에 오게 되었다. 차 전문가인 류유판(劉有潘)과 통역 류유텅(劉友騰)이 그들이다. 이들은 상미구엘농업진흥회(SPAM)에 고용되어 섬에 오게 된 것이며, 필요한 작업 도구와 많은 양의 차 씨앗을 가져왔다. 이후 2년 동안 그들은 채엽과 유념부터 건조에 이르기까지 제다 기술을 전수했다.

이들의 도움으로 차는 이 섬을 구해냈다. 20세기 초, 섬에는 30개 이상의 제다 업체가 있었고, 약 45톤의 차를 수출했으며, 더욱이 국제박람회에서 여러 개의 메달을 획득하여 아소르스 군도의 차는 유럽에서 높은 명성을 획득하게 되었다.

그러나 1930년대에 이르러 수입국들의 관세 부과로 인해 아소르스 군도의 차 판매량은 점점 줄어들었고, 게다가 제2차 세계대전 이후 많은 인구가 이민을 가고 수많은 가정이 농촌을 떠나 노동력도 부족하게 되었다. 점차 다원이 하나둘 문을 닫았는데, 심지어 많은 다원이 버려지고 소를 방목하는 데 사용되기도 했다.

버려진 차 공장

다원의 일꾼들

고헤아나는 현재 이 섬에 가까스로 남아 있는 두 개의 다원 중 하나다. 마달레나의 부모가 고헤아나를 폐쇄하지 않은 것은 다원에 대한 사랑과 가업에 대한 미련 때문이기도 하지만, 노동자들의 생계를 위해서이기도 했다. 섬의 최대 고용주로서 마달레나의 가족은 고헤아나의 다원과 공장을 계속 운영하기로 했고, 실제로 기꺼이 빚을 내어 투자를 이어갔으며, 근로자들은 고용주와 함께 어려움을 극복해 나갔다.

현재 고헤아나의 연간 차 생산량은 35톤이며, 필요한 경우 기계 방식을 통해 42톤까지 늘릴 수 있다. 그동안 사업을 확장하고 품목을 다각화해 온 고헤아나는 현재 홍차, 녹차, 우롱차를 포함한 7종의 차를 생산하고 있다. 하지만 마달레나는 여전히 고민 중이다. 과연 이걸로 충분한지에 대한 고민이다. 사업을 더 확장하고 싶지만 방법이 마땅치 않았다.

연구원의 테아닌 보존 연구

최근에 마달레나는 아소르스대학과 협력을 시작했는데, 이 대학의 연구자들이 고헤아나의 차를 분석한 후 놀라운 발견을 했다. 고헤아나의 차는 세계 다른 지역의 차에 비해 테아닌 함량이 더 높다는 것이다. 테아닌은 차에 천연적으로 존재하는 희귀한 아미노산으로, 인류의 건강에 유익한 다양한 원소들을 함유하고 있어 인간의 수면 질을 개선하고 알츠하이머병과 파킨슨병 및 기타 질병의 위험을 줄일 수 있다. 연구자들은 이 귀중한 테아닌을 극대화할 수 있는 차 가공법 및 건조 방법을 연구 중이다.

아소르스 군도는 점질 토양과 산성 토양을 가지고 있어 차의 향을 부드럽게 하고, 게다가 이 군도는 멕시코만 난류의 영향을 받아 기후가 온화하고 차나무에 해충과 기생충이 없다. 오늘날 마달레나 가문의 끈질긴 노력 덕분에 차는 여전히 고헤아나에서 무성하게 자라고 있으며, 차 문화는 아소르스 군도에서 여전히 싱싱하다.

다원의 마달레나

마달레나 고헤아나 티 팩토리 대표

❝ 이곳은 제 어린 시절의 기억으로 가득 차 있습니다. 어렸을 때는 찻잎 따는 기계의 작업 소리를 들으며 학교가 이제 곧 여름방학을 하려 한다는 걸 알았습니다. 그때가 되면 고헤아나의 차 향기가 사방으로 넘치기 시작했고, 사람들의 마음을 즐겁게 했습니다. 저는 이 땅을 사랑합니다. 만약 제가 다른 인생을 선택했더라면 반드시 마음이 기쁘지 않았을 것이고, 고헤아나 다원에 전혀 기여하지 못한 나 자신을 원망했을 겁니다.

경제가 파탄났는데도 우리 5대조 할머니는 도리어 용기를 내어 새로운 사업을 시작해 높은 산비탈에 차를 재배하셨습니다. 할머니는 앞을 보고 용감하게 미래를 향해 나아갔습니다. 그녀는 인생이 망가졌다고 생각하지 않았습니다(타임머신이 있다면 저는 그 시절로 돌아가 이 5대조 할머니를 꼭 만나보고 싶습니다). 저는 이것이 우리가 물려받은 소중한 전통이라고 굳게 믿고 있으며, 고헤아나에는 난제를 푸는 신기한 마력이 있습니다.

저는 할머니와 사이가 좋았고, 그녀는 저에게 공정하고 열심히 일하며 고헤아나를 사랑하라고 가르치셨습니다. 고헤아나는 마치 대가족과 같고, 저는 이 공장을 관리하는 책임자로서 무거운 책임감을 느낍니다. 공장을 돌리기 위해 우리는 돈을 투입했습니다. 인생은 항상 약간의 위험을 감수해야 하는데, 득도 있고 실도 있습니다. 사람들은 우리의 노력이 밝은 미래를 가져올 것이라는 데 동의하기 시작했습니다. ❞

지구 반대편의 기적 뉴질랜드의 우롱차

뉴질랜드 북섬에 있는 차나무는 먼 곳에서 옮겨온 것이다. 이 나라 제다업계의 모험가들은 새로운 기술과 과학을 이용해서 일련의 새로운 차 음료를 만들고, 전례 없는 차 개혁 실험을 수행하고 있다. 지롱다원(Zealong Tea Estate)은 아시아 밖에서 우롱차를 생산하는 첫 번째 다원이자 또한 뉴질랜드의 유일한 다원이다.

3월의 북반구는 봄기운이 한창이지만, 적도 남쪽 지롱다원의 차 따는 일꾼들은 벌써 가을차 채엽을 시작한다. 눈앞에서 벌어지는 이 모든 일들은 일종의 기적과 같은데, 이 특별한 차나무들 뒤에는 심상치 않은 역사가 있었다. 그것들은 처음에는 작은 꺾꽂이 묘목으로 재배되었으며, 20여 년 전에 중국에서 해상 운송으로 이곳까지 먼 길을 왔다.

뉴질랜드의 다원

타이완 상인 빈센트 첸(陳俊維)은 1990년대에 뉴질랜드로 이민을 왔다. 1996년 첸과 가족들이 우롱차를 마실 때의 일이다. 이웃이 마당에서 나뭇가지를 전지하는 소리를 듣고 첸은 그 이웃과 대화를 나누며 무슨 식물이냐고 물어보았다. 이웃은 카멜리아(동백)라고 대답했고, 첸은 그 순간 기묘한 아이디어 하나를 떠올렸다. 동백나무는 차나무와 매우 비슷하니 뉴질랜드에서 동백나무가 자랄 수 있다면 차나무도 되지 않겠느냐는 생각이었다. 고향 우롱차의 맛을 그리워하던 첸은 아시아에서 차나무의 꺾꽂이 묘목을 들여오기로 결심했다.

사실 이것은 '미친' 생각이었다. 그들은 1,500개의 꺾꽂이 묘목을 뉴질랜드로 옮겨왔는데, 이 묘목들이 살아남을 수 있을지 전혀 알 수 없었다. 뉴질랜드에는 엄격한 식물검역제도가 있어서 꺾꽂이 묘목에는 뿌리가 없어야 하고, 흙이 묻어서도 안 되며, 입국 후 뉴질랜드 땅에 심기 전에 10개월 동안 온실에 격리가 되어야만 했다.

그럼에도 결국 차는 지구 반대편에서 기적을 일으켰다. 10개월간의 격리 끝에 130그루의 차나무 묘목이 완강히 살아남았다. 이 130그루의 가장 완강하고 튼튼한 차 묘목은 뉴질랜드에서 끈질기게 자라서 지금도 계속 번식하고 있다.

처음에 이웃들은 그들이 무얼 심고 있는지 알지 못해 궁금해 했다. 그래서 첸은 이웃들을 초대하여 참관하게 하고, 그들에게 차를 끓여주며 이 새로운 시도에 대해 설명을 해주었다.

2009년 12월 지롱다원은 첫 번째 상업용 차 제품을 출시했고, 현재 이 다원은 120만 그루의 차나무를 재배하고 있다. 놀랍게도 뉴질랜드의 추운 기후가 차 재배에는 매우 좋은 일이었는데, 차나무가 꼭대기 부위의 세 잎에 영양분을 모두 공급하도록 촉진하여 이 신선한 잎들을 더 비대하고 즙이 많으며 맛이 풍부하게 만들었던 것이다.

가을차 수확

채엽

지롱다원의 찻잎

바닥이 상하로 오르내릴 수 있는 '트랜스포머'

최근 이들 모험가들의 목표는 더 높아졌다. 그들은 진정으로
국제표준에 부합하는 유기농 차를 재배하고, 특별한 순도와 맛
을 추구하기로 했다. 그러기 위해서는 첨단 장비가 필요했다.
지롱다원의 수석 정비사 데릭 휴튼은 맞춤형 로봇 장비를 능숙
하게 조작한다. 그 기술은 일본에서 유래했는데, 디자인은 프
랑스의 와이너리에서 사용하는 기계에서 영감을 받은 것이다.
다원 사람들은 이 기계를 '트랜스포머'라는 애칭으로 부르는데,

김을 매는 트랜스포머

차나무 사이의 간격에 따라 기계의 너비를 조절할 수 있고, 또 기계의 바닥을 올리거나 내릴 수 있으며, 지면의 장애물을 제거할 수도 있다. 이를 사용하여 차나무를 전지하고, 차나무 사이에서 잡초를 뽑을 수 있으며, 또 땅도 갈 수 있어 인건비를 크게 절약할 수 있다. 이로써 다원은 인공 제초제 및 살충제와 영원히 작별하고 진정한 기계화 유기농 다원이 되어 세계의 최전선에 서게 되었다.

지롱다원의 차 공장에서는 녹차, 우롱차, 홍차의 세 가지 차 제품을 생산하는데, 이들의 원료는 같은 차나무에서 따온 것이다. 같은 원료로 다른 종류의 차를 만들기 위해서는 산화 정도를 달리해야 한다. 산화 정도를 조절하면 차의 색과 맛이 달라지는데, 이는 매우 까다로운 공정을 수반한다. 차를 따는 순간부터 분해와 산화가 시작되기 때문에 차농들은 시간과의 경주를 해야만 한다. 시간을 이기기 위해 이들은 온도와 공기 흐름 및 습도를 제어할 수 있는 거대한 온실을 건설하여 차의 산화 정도를 제어한다. 근로자는 경험에 따라 적절한 산화 수준에 도달했다고 판단하면 공기 흐름을 증가시키고 온도를 높인다. 이로써 산화를 촉진하는 효소의 활동을 정지시키고 더 이상의 산화를 막는 것이다.

온실 속의 찻잎

지롱다원의 봄차

Legend of TEA

사과를 가지고 서로 다른 차를 설명할 수 있다. 녹차는 갓 자른 사과와 같다. 신선할 때 바로 먹는 경우다. 우롱차는 자른 사과를 잠시 놓아둔 것과 같다. 사과의 경우 가장자리의 색이 약간 진해지기 시작하는데, 이것은 약간 산화된 우롱차도 마찬가지다. 홍차는 마치 잘라서 하룻밤을 묵힌 사과와 같다. 겉은 이미 모두 갈색으로 변했지만 속은 괜찮다. 산화된 홍차도 이와 같다.

몸은 비록 지구 '최하단'의 외진 구석에 있을지라도 첸은 늘 사업을 더 크게 일구고 싶었다. 이 개척적이고 혁신적인 모험가에게는 마지막 히든카드도 하나 있는데, 이곳에서는 세상에서 가장 일찍 봄차를 생산할 수 있다는 것이다. 남반구의 이 다원에서 봄차를 따는 시기는 11월이고, 북반구에서 아직 겨울을 나는 고객들에게 이 싱그러운 봄차를 가장 먼저 판매할 수 있는 것이다.

뉴질랜드에서 생산되는 이 차는 아시아와 유럽, 심지어 미국에까지, 세계 곳곳에서 불티나게 팔리고 있다. 남반구에서 무럭무럭 자라는 이 차는, 북반구에서 온 식물과 인간의 지혜가 결합된 산물이며, 그 결과 비길 데 없는 고유의 맛을 만들어냈다.

글로벌 차 무역의 중심 두바이 티 센터

두바이

사막과 황야에서는 차나무가 자라지 못하지만, 21세기의 첨단 호화 도시와 글로벌 차 산업의 메카는 보란 듯이 자라났다. 두바이는 현지에서 어떤 차도 재배하지 않지만, 13개 나라에서 온 차를 가공하고 블렌딩하여 재수출하는 차 무역의 중심지다. 두바이복합상품거래소(DMCC, Dubai Multi Commodities Centre) 내의 차 센터(Tea Centre)가 그 중심으로, 오늘날 이곳은 이미 세계에서 가장 거대한 차 재수출 지역이 되었다. 수많은 티 블렌더(tea blender, 拼配師)들이 전 세계 수천 수백만 명이 즐길 향기로운 차를 만들기 위해 다투어 이곳으로 몰려들고 있다.

공장에서 가공한 차

아랍에미리트(UAE) 사람들은 하루에 거의 20톤의 차를 소비하는데, 대부분은 날이 어두워진 후에 길거리의 노천카페에서 차를 사 마신다. 이는 두바이 현지의 사회적 전통이다. 일몰 후부터 새벽까지 차를 몰고 시내를 돌아다니며 서로 큰 소리로 인사하고 '카락차이(karak chai, 향신료가 가미된 밀크티)'를 테이크아웃 하는데, 이 차는 도시의 올빼미들에게 일종의 달콤한 기호품이다.

아랍에미리트 시민들이 즐기는 카락차이

두바이에서 카락차이를 마실 때는 차에서 내릴 필요가 없다. 경적을 한 번 울리면 차 가게 직원이 쟁반에 차를 받쳐 들고 운전석 옆으로 가져온다. 수십 대의 차량이 동시에 경적을 울리더라도 걱정할 필요 없다. 직원은 경적을 울린 순서를 기억하고 있고 정확히 차례대로 차를 배달한다. 카락차이는 가게마다 맛이 조금씩 다른데, 일부는 육두구(肉荳蔲)를 조금 더 넣고, 일부는 설탕을 조금 덜 넣기도 한다.

차창 앞까지 차를 배달해주는 종업원

길거리의 카락차이 체험은 흥미롭고 즐거운 경험이지만, 이것은 두바이를 통과하는 찻잎의 극히 일부일 뿐이다. 아랍에미리트는 석유 수출 의존도를 줄이려 하고 있고, 이를 위해 차를 포함한 5대 핵심 상품을 무관세로 수출입할 수 있도록 허용했다. 이런 자유무역지대의 설립과 함께 두바이는 천혜의 지리적 위치 덕분에 세계 각지의 차를 모아서 블렌딩(blending)하기에 가장 좋은 위치가 되었다. 그리하여 이 도시에는 많은 양의 차가 모이고, 이렇게 저장된 많은 양의 차를 이용하여 특정 지역의 취향을 고려한 다양한 블렌딩 차를 정교하게 맞춤 제작할 수 있다.

차는 전 세계 각지에서 이곳 2만 4,000제곱미터(약 7,300평)의 두바이 차 센터에 모이고, 여기서 분류·블렌딩·포장되어 다시 전 세계 각지로 배송된다. 두바이 차 센터의 한 달 차 판매량은 100억 잔을 우려낼 수 있는 양이다. 오늘날 아랍에미리트의 차 재수출은 세계 차 재수출의 약 70%를 차지하며, 두바이는 이미 세계 최대의 차 무역 중추가 되었다.

차의 블렌딩

매년 인도·케냐·중국을 포함한 주요 차 생산국에서 온 약 4만 톤의 차가 이곳 두바이 차 센터를 통해 처리되며, 이곳의 티백 공장은 한 시간에 10만 개의 티백을 만들어낸다. 많은 글로벌 차 브랜드들이 모두 이 두바이 차 센터와 협력하여 돈을 절약하고 시간을 절약하며 걱정을 덜어낸다. 대신 그들은 신제품 개발에 집중하고, 기존 제품의 맛을 유지하는 일은 이 새로운 차의 수도에 맡기고 있다.

두바이의 수출입 항구

차 센터의 창고

차를 블렌딩 하는 프라틱

프라틱 두가르는 세계적인 차 비즈니스계의 엘리
트 중 한 사람으로, 아랍에미리트 두바이에 정착한
최고의 티 블렌더이기도 하다. 최근에 그는 한 러
시아 고객으로부터 강한 맛의 블렌딩 차를 만들어
달라는 주문을 받았다. 새로운 차를 블렌딩하는 이
런 작업의 시작은 프라틱에게는 마치 빈 캔버스가
앞에 펼쳐지는 것과 같다. 이곳에 있는 다양한 맛
의 차들은 다채로운 물감과 같으며, 고객을 위해
한 폭의 그림을 그리는 화가처럼 그는 적절한 차를
선택하고 조합해야만 한다. 그래서 그는 차를 블렌
딩하는 일을 하나의 예술이라고 표현한다.

프라틱은 그의 블렌딩 차 레시피가 러시아 고객
의 요구를 완전히 충족시킬 수 있다고 느끼고, 다
음 단계로 생산 규모를 확장하여 연구개발 결과를
실험실에서 공장의 컨베이어 벨트로 이동시키려고
한다. 그들은 먼저 차를 만들어 품질이 어떤지 보

대량으로 생산되는 블렌딩 티

고, 만약 개선이 필요한 부분이 있다면 또 2차 블
렌딩을 진행할 것이다. 프라틱이 선택한 세계 각지
의 차를 섞기 위해 블렌딩 기계가 요란하게 작동한
다. 이렇게 완성된 새 맞춤형 블렌딩 티는 차 센터
의 생산라인에서 완성되고 포장되어 먼 러시아까
지 운송되고, 거기서 그들만의 독특한 입맛을 자극
하게 될 것이다.

프라틱 두가르 티 블렌더

> 두바이에는 전 세계 105개 나라에서 온 사람들이 살고 있고, 출신 국가에 따라 이들이 차를 마시는 방법은 모두 다릅니다. 전 세계 차 맛이 모두 두바이에 있는 것이죠.
>
> 차는 단순한 제품이 아닙니다. 제가 차 한 잔을 우려드린다면 당신은 아마 좋아하겠지만, 제가 다른 사람에게도 같은 차를 우려드린다면 그는 아마 전혀 좋아하지 않을 수도 있습니다. 차의 좋고 나쁨에 대한 평가는 그가 익숙해진 기존의 입맛에 달려 있기 때문입니다. 그 사람의 문화적 배경도 물론 차에 대한 선호도에 영향을 끼칩니다.
>
> 효율이 높을 때, 우리는 하루에 100잔 이상의 차를 품평합니다. 우리는 차가 혀의 모든 부분에 도달하여 차의 단맛·쓴맛·짠맛·신선함을 전부 느낄 수 있도록 입 안에서 회전시킵니다. 그렇게 품평을 거쳐 5~6개 나라에서 온 차들을 블렌딩 합니다.
>
> 블렌딩 차는 컴퓨터의 양식으로 완성되는 것이 아닙니다. 이것은 논리나 과학이 아니고, 또한 정확성의 문제도 아닙니다. 차는 과학보다 예술에 더 가깝습니다. 우리는 차를 블렌딩 할 때 항상 이 차는 결국 누가 마실 것인가를 생각합니다. "이 차들은 어떤 가정에 들어갈까? 이 차는 어떤 특정한 순간에, 어떤 사람들의 대화에 어떤 영향을 줄까?" 저는 모든 이야기를 알 수는 없지만……, 무척 알고 싶습니다.

세상 끝까지 전해진
힘

TEA
TO THE END
OF THE WORLD

문화가 되다

치유의 영약 일본의 말차

일본의 말차 가루

일본에서 차는 중국에서 온 수입품이지만 처음부터 그 의미가 남달랐다. 차는 승려들이 항상 마음에 품은 일종의 관념이자 모든 고통을 치유하는 영약이었다.

유학승 에이사이는 당나라에서 4년의 유학을 마치고 일본으로 돌아왔는데, 차 씨앗을 고국으로 가져왔다. 귀국 후 그는 규슈의 북쪽에 여러 사찰을 세웠는데, 아울러 차나무를 심고 지역 주민들에게 이를 기르고 가공하는 방법도 가르쳤다.

에이사이(榮西)는 12세기의 불교 승려로 일본에 말차를 처음으로 들여왔다. 12세기 일본에서는 치명적인 자연재해가 빈번하게 발생하여 홍수·역병·화재가 만연했다. 에이사이는 사람들이 불법의 가르침을 따르지 않았기 때문에 요괴가 창궐하고 질병이 빈번하게 발생한다고 여겼다. 그리하여 1187년 중국으로 건너가 천태산(天臺山)의 만년사(萬年寺)에 이르러 강도 높고 힘겨운 참선 수행을 시작하였고, 이와 동시에 중국 승려들과 마찬가지로 차를 마시며 마음을 정화하고 심신을 이완시키기 시작했다.

에이사이 상

1202년에 에이사이는 가마쿠라 막부의 지원을 받아 교토(京都)에 켄닌지(建仁寺)를 세우고 거기 주석했다. 71세가 되던 해에 에이사이는 차의 약용 특성과 차를 재배하고 가공하여 가루차로 만드는 방법을 자세히 소개한 일본 최초의 다서 《끽다양생기(喫茶養生記)》를 저술했다. 여기서 에이사이는 많은 중국 다서의 내용을 인용하며 차가 사람의 신체 상태를 효과적으로 개선할 수 있음을 보여주었다.

켄닌지

에이사이의 음다 풍습은 일본에서 점차 유행하고 널리 추앙을 받았는데, 일본 문화의 한 기이한 꽃이 그로부터 피어났다. 에이사이는 74세의 나이로 사망하여 켄닌지에 안장되었다. 지금도 매년 4월 20일에 에이사이의 탄신을 기념하는 행사가 이 절에서 열린다. 여전히 사람들은 그를 존경하고, 그가 일본에 일으킨 변화에 감사를 표하고 있다.

승려 아사노 도시미치(淺野利通)는 선승이자 또한 에이사이의 추종자다. 그는 1979년에 태어나 1997년에 계를 받아 선종의 승려가 되었다. 그는 일본의 전통 다도와 선종의 의례를 설명하는 강좌를 열었는데, 이러한 것들이 모두 현재 일본에서 널리 받아들이고 있는 다도의 기초이다.

매일 아침 아사노가 마시는 첫 번째 음료는 말차(抹茶)이다. 800년 전의 에이사이와 마찬가지로, 아사노는 일본이 모든 면에서 지금 과거에 얽매이고 길을 잃었다고 생각한다. 아사노는 인생은 힘들고 잔인한 것이며, 사랑하는 사람이 세상을 떠나거나 일이 너무 힘들면 괴로울 수 있다고 인정한다. 하지만 사람은 이러한 고난을 극복하기 위해 스스로를 훈련하고 마음을 굳게 하며, 올바른 의식을 유지하고 강력하게 대처해야 한다. 차로 몸을 보양하고 선으로 마음을 닦는 것이 바로 아사노가 생각하는 이런 대처의 방편이다.

지극히 사소한 일을 통한 참선

이른 아침의 첫 말차

말차는 건조된 녹차를 매우 미세한 분말로 갈아서 만드는데, 차를 마실 때 뜨거운 물을 붓고 골고루 휘저어 섞는다. 이 청록색 차 분말의 미세한 입자는 쓰면서도 단맛이 도는데, 약으로 사용할 수 있고, 몸을 보양할 수 있으며, 수명을 연장한다.

말차

말차를 만드는 데 쓰이는 찻잎은 켄닌지 사원 내의 헤이세이(平成)다원에서 조용히 자라고 있다. 거의 30그루의 중국 차나무가 다원에 심겨져 있으며, 지금은 고노 레이코(河野玲子) 모녀가 돌보고 있다.

말차의 풍부한 풍미를 만들어내기 위해 그녀들은 전통적인 재배법을 따른다. 봄에 그녀들은 대나무 지지대 위에 검은 차양막을 덮는데, 찻잎은 그늘에서 햇빛을 덜 받아 짙은 녹색으로 변하고, 풍미 또한 더 강렬해진다.

고노 레이코 모녀

차밭의 차광막

아이들에게 차 문화를 설명하는 아사노

에이사이의 길을 따라 아사노는 말차와 일본 전통 다도를 널리 보급하여 오늘날 일본인들이 건강하고 평안하게 지낼 수 있기를 염원한다. 청량음료와 휴대용 커피가 성행하는 현대 일본에서 아사노는 아이들을 위한 전통 다도 교실을 개설했고, 학생들에게 에이사이가 차 문화를 전파하지 않았더라면 오늘의 일본은 없었을 것이라고 가르친다. 아사노는 사람들이 차에 대해 항상 감사할 수 있다면, 차 문화가 사람들의 사랑을 받을 수 있고 일본에서 차를 마시는 것이 다시 유행할 수 있으며, 전통 또한 계속될 것이라고 믿는다.

아사노 도시미치(淺野利通)

> 에이사이는 중국에 가서 선종 불교를 배우고 일본으로 돌아와 사람들에게 선종이 얼마나 미묘한가를 알려주었습니다. 그는 또한 차가 사람들의 건강에 큰 도움이 된다는 것을 깨닫고, 일본에서 차를 널리 보급하고 싶었기 때문에 차를 가져왔습니다. 에이사이는 그의 《끽다양생기》라는 책에서 차에 관한 모든 내용을 명백히 설명하였습니다.
>
> 제 생각에 에이사이는 사람들이 녹차를 이상한 음료라고 생각하고, 낯설고 새로운 종교의 승려가 이를 마신다고 여길까 봐 조금 걱정했던 것 같습니다. 그는 사람들에게 이런 인상을 주고 싶지 않았습니다. 그는 사람들이 매일 차를 마시는 습관을 들이고, 차를 통해 선종에 대하여 더 많은 관심을 가지게 되길 바랐습니다.
>
> 널리 알려진 이야기 하나가 있습니다. 미나모토 사네토모(源實朝, 가마쿠라 시대의 세 번째 막부 장군)가 숙취로 고생할 때 에이사이가 그를 위해 진한 말차 한 잔을 바쳤습니다. 미나모토는 곧 숙취에서 깨어나 말차에 대한 찬탄을 그치지 않았는데, 이 일로 일본에서 녹차가 더 유명해졌습니다.
>
> 만약 에이사이가 일본으로 차를 가져오지 않았다면 지금의 일본 차 문화는 존재하지 않았을 것입니다. 나는 에이사이 선사가 일본 차 문화의 왕성한 발전을 촉진시켰다고 생각합니다. 그는 이를 위해 정말 큰 공헌을 했습니다. 에이사이 덕분에 차뿐만 아니라 다기도 생겨났고, 다도도 탄생할 수 있었으며, 다실 건축도 이로써 생겨났고, 또한 허다한 다른 일본 전통 문화와 예술도 생겨날 수 있었습니다.

사교계의 새바람 영국식 애프터눈 티

차는 중국에서 차 문화를 형성했을 뿐만 아니라 서쪽으로 멀리 떨어진 영국의 문화에도 영향을 미쳤다. 17세기에 영국은 차를 처음 도입하였다. 18세기 중반에는 차를 마시는 것이 사교 활동의 기본이 되었으며, 부르주아와 귀족 등 상류층 여성들 사이에서 특히 성행했다. 그녀들은 한가롭게 생활하며 아름다움과 우아함을 가꾸는 데 그치지 않고 그것을 통제하고 자랑하고자 하였다. 사교 모임에서는 여성이 주인 역할을 맡는 경우가 많았기 때문에, 이에 따라 그녀들은 사교를 위한 규칙을 정하고 또 사교에 이용할 차의 결정권을 가지게 되었다.

18세기 중엽, 영국 상류층 여성들의 티 타임

우유 넣기

설탕 첨가

19세기에 이르기까지, 영국인들은 당시 대영제국의 여러 식민지에서 가져온 진한 홍차를 마셔야 했다. 이 진한 차를 영국 귀족의 입맛에 맞추기 위해서는 무언가를 첨가하여 쓴맛을 크게 중화시켜야 했는데, 우유·설탕·과일·꽃과 심지어 향신료까지 첨가했다. 이 과정에서 차는 기존의 영국에 없던 또 하나의 새로운 문화 현상, 곧 애프터눈 티도 태동하게 하였다.

처음에는 단지 상류층에서만 차 마시기가 유행하였고, 귀족들은 이 이벤트를 통해 자기들의 비싼 차와 도자기를 친구들에게 자랑할 수 있었다. 하지만 시간이 흐르면서 동인도회사의 차 공급이 증가하여 차 가격은 더 저렴해졌고 구매하기도 쉬워졌다. 점차 영국 사회의 새로운 계층도 차를 즐길 수 있게 되고, 전문적인 애프터눈 티룸과 애프터눈 티 파티도 차츰 유행하게 되었다.

런던 브라운호텔의 티푸드

런던의 브라운호텔(Browns Hotel)은 애프터눈 티로 유명한 고급 호텔로, 이곳에서는 현대식으로 변용된 영국식 차 의식이 날마다 펼쳐진다. 티룸의 직원들은 자신들이 완벽한 미각 체험을 추구하며, 24가지에 이르는 다양한 차를 제공할 수 있다는 것에 자부심을 느낀다. 실제로 주말마다 이 호텔 로비는 차를 즐기러 온 손님들로 붐빈다.

브라운호텔의 수석 페이스트리 셰프인 리스 콜리어는 이 호텔의 애프터눈 티를 한층 더 감각적으로 즐길 수 있도록 돕는 사람이다. 그의 목표는 손님들에게 가장 정통적인 최고의 영국식 애프터눈 티를 제공하는 것이다. 이를 위해 그는 프렌치 디저트 제조 기술을 활용하여 페이스트리를 만들고 또 영국의 특색을 지닌 영국식 케이크도 만들고 있다.

애초의 애프터눈 티는 점심과 저녁 사이의 지루한 시간을 달래기 위한 차와 디저트로, 음식을 먹을 수는 있지만 배부르게 먹을 수는 없었다. 이를 지키지 않는 귀족 여성은 "너무 여성스럽지 못하다."는 핀잔을 들어야 했다. 따라서 애프터눈 티의 음식은 모두 한 입 크기로 작고 정교하며, 작은 접시에 담겨 포크로 먹거나 손가락 끝으로 집어 먹을 수 있도록 만들어진다.

브라운호텔의 티 소믈리에(侍茶師)인 카롤 쿠로프스키는 특정 차가 특정 음식과 어떻게 교묘히 조합되어 둘이 단순하게 서로 합쳐지는 것보다 더 큰 시너지를 내는지 연구하는 일에 매달리고 있다. 그는 유럽 최고의 차 연구 기관인 영국 티 아카데미(UK Tea Academy)에서 티 페어링(tea pairing)을 공부했는데, 이는 차와 음식의 조합에 대한 학문이다.

이 새로운 지식을 습득한 후 카롤은 어떤 차가 페이스트리 셰프 리스의 맛있는 아이디어와 가장 잘 어울리는지 연구하기 시작했다. 지금도 그들은 서로 다른 차와 음식의 다양한 페어링을 통해 숨겨져 있는 맛과 향을 찾아내려고 한다.

브라운호텔의 애프터눈 티 티푸드

카롤과 리스의 티 페어링 시도

이를 위해 두 사람은 끊임없는 시음을 거쳤고, 마침내 부드럽고 견과류 맛이 나는 우롱차와 초콜릿·시나몬·바닐라 페이스트리의 새로운 조합을 찾아냈다. 이로써 차와 음식의 맛 모두 한 단계 업그레이드가 되었다.

카롤이 차에 대한 열정으로 가득 찬 것은 바로 이런 무한하고 새로운 가능성 때문이다. 그는 새로 완성한 티 페어링을 손님들에게 설명하고 권하는데, 대다수가 그의 추천에 대해 훌륭하고 새롭다며 칭찬을 했다. 이렇게 손님들에게 인정을 받을 때 그는 전에 없던 기쁨을 느낀다고 한다.

차와 디저트의 조화

제인 페티그루(Jane Pettigrew) 영국 티 아카데미(UKTA) 교수

" 많은 사람들에게 티 페어링, 차와 음식의 조합은 아직은 다소 낯선 주제일 것입니다. 대부분의 사람들에게 차는 아침에 한 잔 마시는 음료, 혹은 식후의 단순한 음료로만 여겨질 수도 있습니다. 다들 차가 음식과 어울릴 수 있다고는 생각하지 않습니다. 하지만 차와 디저트의 조합은 세 번째 맛을 자극하고, 전혀 무관해 보이는 두 가지 사물의 조합이 전혀 새로운 경험을 제공합니다. 둘을 적절히 조합하면 아주 특별한 것이 됩니다.

저는 학생들에게 어떤 차가 다양한 단 음식이나 짠 음식과 가장 잘 어울리는지 찾아보게 합니다. 그들은 먼저 차를 마시고 나서 음식을 맛봐야 합니다. 실론티와 같은 일부 진한 차들은 조합하기에 적합한 음식들이 아주 많습니다. 우리나라 애프터눈 티에 나오는 전통 음식들은 일반적으로 실론티와 아주 잘 어울리죠. "

카롤 브라운호텔 티 소믈리에

❝ 오늘날 차는 커피와 함께 사람들이 가장 선호하는 음료가 되었습니다. 사람들은 술보다 차를 더 많이 마십니다. 와인의 경우 다양한 포도로 양조한 혼합 와인이 있는데, 차에도 여러 방식으로 다양하게 혼합한 블렌딩 티가 있습니다. 얼 그레이가 그중 하나고, 다즐링과 아삼을 섞은 홍차도 있습니다. 사람들은 늘 새로운 경험을 추구하기 때문에 차를 내는 것이 더 복잡하게 변했고, 단순히 차만 제공하던 것에서 더욱 도전성을 갖춘 것으로 변해서 우리는 항상 손님들을 위해 다양한 차를 만들고 있습니다.

블렌딩 티는 우선 서로 다른 계절에 딴 찻잎으로 만들 수 있습니다. 저는 2017년부터 봄이면 차를 구하러 다즐링에 갑니다. 작년에도 우리는 다즐링에서 여름에 딴 차를 사용해 새로운 블렌딩 티를 만들었습니다. 이렇게 만든 블렌딩 티는 일반적으로 런던의 관광객들에게 제공되는데, 아이들을 데리고 오는 현지인 고객도 많습니다. 물론 모두가 차만 마시는 건 아닙니다. 아이들은 레몬그라스와 생강을 곁들인 핫초콜릿을 좋아하고, 어떤 이들은 꽃차와 허브티를 좋아하기도 합니다.

지난 일요일에는 170 테이블의 애프터눈 티가 있었는데, 우리는 이를 위해 바(bar) 공간의 절반 정도를 사용했습니다. 각 테이블의 손님은 2시간 동안 머물 수 있습니다. 때때로 저는 샌드위치를 만드는 요리사를 불러서 손님과 대화를 나누게 합니다. 그는 테이블을 돌아다니며 손님과 음식에 대해 이야기를 하죠. 이것은 손님이 요리사에게 자신이 좋아하는 것과 싫어하는 것을 피드백할 수 있는 기회도 됩니다. 손님들이 자신의 티 타임을 정말로 기분 좋게 즐길 때, 저는 그것이 정말 좋습니다. ❞

신성한 교통의 수단 몽골 초원의 수테차

몽골은 중국 및 러시아에 인접해 있으며, 광활한
원시 지형을 가진 나라다. 몽골에서 차는 생활의
필수품이자 그들 생활의 핵심을 차지하는데, 영양
과 생활의 위안을 제공할 뿐만 아니라 사람들이 신
령이나 조상과 연결되도록 돕는 신앙의 매개체 역
할도 한다.

기록에 따르면 몽골인의 음다 역사는 13세기 칭기
즈칸 시대부터 시작되어 원대(元代)에 점차 유행하
였다. 일반적으로 몽골 차는 밀크티로 티베트족의
쑤여우차(酥油茶)에서 발전하였는데, 유목민족의 음
식습관과 일치한다. 차를 마시는 문화는 오늘날까

지 발전했으며, 이미 몽골인의 일상생활에 깊이 뿌
리를 내렸다. 특히 겨울에 차는 초원의 사람들을
따뜻하고 풍요롭게 만들어준다. 몽골 사람들에게는
'좋은 차가 변변찮은 밥보다 낫다.'는 속담이 있는
데, 좋은 차를 한잔 마셨다면 온종일 밥을 먹을 필
요가 없을 정도로 영양가가 높다는 말이다.

유목인 볼로르는 그의 아내 및 세 명의 아이들과
함께 살고 있다. 아내 투미는 매일 아침 몽골에서
가장 인기 있는 밀크티 즉, 수테차(우유와 소금을 넣
은 몽골식 차)를 준비한다. 몽골 농촌의 대다수 가정
에서는 아침 차 의식으로 하루를 시작하는데, 새벽

수테차를 끓이는 몽골 가정의 주부

수테차용 차 덩이

에 차와 우유를 신령과 달, 태양에게 바치는 의식이다. 별과 하늘, 자연에도 차를 바치면서 자신들을 보우해달라고 기도한다. 아침 의식을 위한 이 차 외에도 몽골의 주부들은 가족을 위해 '하루 세 번' 차를 준비한다. 따라서 이곳 사람들은 일반적으로 차를 그 여성의 얼굴이라고 말하며, 주부가 만들어내는 차의 질과 솜씨가 그녀에 대한 사람들의 평판에 영향을 미치기도 한다.

차를 끓이는 데는 약 15분 정도가 걸린다. 먼저 큰 냄비에 물을 끓이고, 그 후 냄비에 차를 넣는다. 차가 끓으면 신선한 생우유를 넣고 국자로 밀크티를 여러 번 떠서 냄비에 다시 붓고 섞는다. 뜨는 횟수가 많을수록 밀크티의 맛은 더 좋아지는데, 그렇지 않으면 끓인 차가 떫어진다. 그 사이 주부들은 적당량의 소금을 넣고 더 끓인다. 다 끓었는지의 여부는 차의 향기가 말해준다.

차를 끓이는 냄비

다 끓인 수테차

투미는 큰 냄비에서 첫 번째 차를 떠서 밖으로 나와 하늘을 향해 뿌린 다음 산과 초원에도 뿌린다. 이는 몽골 유목민들의 천지와 자연에 대한 숭배와 존경심을 나타내는 의식이다. 몽골 초원의 유목민들은 인간 세상의 모든 것이 신령들의 세계와 밀접한 관련이 있다고 믿으며, 조상과 신령들이 그들을 보호하여 아침저녁으로 행운이 찾아오기를 기도한다.

겨우내 볼로르 가족은 강한 북서풍을 피해 게르에 숨어 있었다. 이제 봄이 오자 그들은 더 풍성한 목초지를 찾기 위해 남쪽으로 이동하기 시작한다. 낡은 트럭에 짐을 가득 싣고 그들은 4시간을 흔들려 새로운 정착지에 겨우 도착한다. 부부가 어린아이 둘을 데리고 차로 이동하는 동안, 조금 자란 남자아이 둘이 이 가족의 전 재산인 600마리의 가축을 돌본다.

남쪽으로 이동하는 볼로르 가족

차를 마시는 볼로르

이런 독특한 유목 생활 방식과 분산된 거주 특성으로 인해 몽골인들은 항상 열정적으로 손님을 접대하는데, 멀리서 온 손님이든 우연히 만난 행인이든 이웃의 친구이든, 그들은 모두 차로 대접한다. 주인은 물어볼 필요도 없이 따뜻한 차를 가져다주는데, 몽골에서는 '차가 없으면 창피하다.'는 속담이 있기 때문에 손님에게 차를 대접하는 것은 피차 이심전심으로 이해하여 말할 필요가 없는 약속이다.

매일 가족이 마시고 손님을 접대하는 용도 외에 차는 몽골의 종교의식 및 영혼과 함께 얽혀 있어 신령과 연결하는 성수로 사용되기도 한다.

볼로르는 어릴 때부터 목동이 되고 싶었다. 그래서 학교 수업을 빼먹고 집에 돌아와 집안의 가축을 돌보곤 했다. 그는 다른 직업을 가진 사람들에 비해 유목민은 자유롭고 독립적으로 생활하며, 스스로 결정하고, 남의 잔소리를 들을 필요가 없어서 좋다고 생각했다. 그러나 그는 그런 목동보다 더 강력한 일종의 힘이 있다고 믿었다.

몽골에서 샤먼은 신과 인간 사이의 중개자다. 볼로르의 형 도르지가 바로 샤먼인데, 이전에 중병에 걸리고 교통사고를 당하는 등 많은 불행을 겪었었다. 나중에 도르지는 한 조상의 영혼이 인간 세상에 내려와 그의 몸에 붙어서 특별한 재능을 가지게 되었다는 것을 알게 되었고, 2011년 이 신령을 받아들여 샤먼이 되었다.

양고기를 화신에게 바친다.

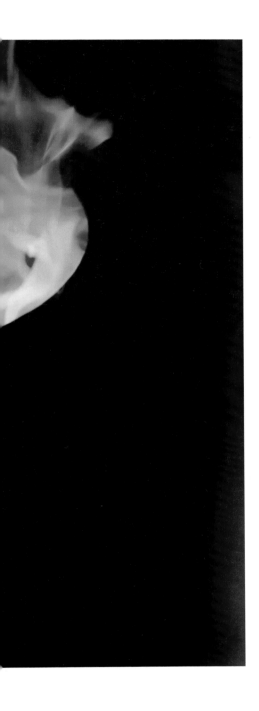

매년 봄 도르지는 40㎞ 떨어진 울란바토르 교외에서 볼로르의 집까지 와서 화제(火祭, 불에 희생물을 태워 드리는 제사)를 행하는데, 이는 조상들의 영혼을 집으로 초대해 일가족과 가축과 집을 정화하는 일종의 샤먼 의식이다.

의식이 시작되면 샤먼은 먼저 북을 쳐서 조상의 혼령을 부른다. 혼령이 샤먼의 몸에 들어오자 안주인인 투미는 혼령에게 인사를 하고 먼 길을 온 그들의 갈증을 풀어줄 환영의 차를 올린다. 볼로르가 보기에 차는 자신들이 혼령에게 바칠 수 있는 가장 훌륭하고 좋은 음식이자 제물이다.

차를 바치는 의식이 끝나자 샤먼은 얼마 전 말에게 귀를 물린 볼로르의 큰아들을 위해 액운을 제거하는 의식을 진행한다. 또 다른 아이들을 위해서도 액운을 물리쳐 달라고 혼령들에게 간청한다. 이어서 화제 의식이 공식적으로 시작되는데, 화신에게 드리는 첫 번째 제물은 보드카이고 그다음이 수테차에 재워둔 양의 가슴뼈이다.

일련의 의식이 진행되는 동안 샤먼은 이 가족을 데리고 함께 기도한다. 작년에 홍수가 나서 그들은 많은 가축을 잃었다. 최근 몇 년 동안은 풀도 잘 자라지 않아 유목하는 생활이 갈수록 힘들어지고 있다. 그들은 그들이 액운에서 벗어나 이 가정에 다시는 고통과 슬픔이 없도록 신령께서 도와주시기를 기도한다.

의식이 모두 끝나자 이 가족의 생활은 예전의 고요함을 되찾는다. 도르지는 혼령들이 그녀가 끓여서 바친 두 잔의 차를 마셨기 때문에 매우 기쁘고 위안이 되었다고 전해준다. 그들은 혼령들이 차를 마셨으므로 그들의 생활이 더 이상 어려워지지 않고 살림도 점점 더 나아질 것이라고 믿는다.

의례의 핵심 페낭 결혼식의 첨차

아시아의 교역 중심지인 말레이시아의 페낭(공식 명 풀라우피낭주)에서는 서로 다른 나라의 문화가 만나고 수만 명의 사람들이 우연히 만나는데, 그 중에서 한 쌍의 커플이 탄생했다. 신디 왕(王應倩)의 본적은 중국 하이난(海南)성이고, 행지림(邢詒林)은 페낭 현지 화교의 후손이다. 두 사람은 사귄 지 4년 만에 새로운 인생 여정에 나서기로 결정했다.

수 세기 전 중국 상인들이 페낭에 처음 도착했을

때 차 문화도 함께 따라왔다. 그 이후로 차는 항상 페낭 사람들의 대소사에서 가장 핵심적인 역할을 해왔다. 현재 말레이시아에 거주하는 중국인들의 조상은 대부분 17세기에 푸젠성과 광둥성에서 이주했으며, 동시에 중국 연해 지역의 풍속과 문화를 가져왔는데, 여기에는 차 문화도 포함된다. 차는 그동안 중국인들의 향수를 달래주는 음료였다. 여가에 한 주전자의 차를 우려서 친구와 함께 마시는 것이 현지 중국인들의 일상생활이다.

페낭의 커플

결혼식에 쓰이는 첨차

말레이시아의 결혼식에는 신랑과 신부가 한 잔의 차를 나눠 마시는 의식이 반드시 포함된다. 또 상대의 부모에게 차를 올리는 것도 매우 중요한 부분이다. 신혼부부는 서로의 부모 앞에서 절을 한 후 첨차(甜茶, 달달한 맛의 차) 한 잔을 올리는데, 이는 키워주신 그간의 노고에 감사를 표하는 의식인 동시에 이때부터 두 가족이 한 가족이 되겠다는 정중한 약속의 표시이다. 시부모가 신부의 차를 받아 마시는 것은 곧 그녀를 며느리로 받아들여 가족의 일원으로 삼겠다는 것을 의미하며, 또 신랑의 가족이 모두 그녀를 돌봐주겠다는 뜻을 표시하는 것이다. 이때부터 신부는 남자 쪽 성을 갖게 되고 새로운 인생을 시작한다.

결혼식 날 쓰이는 이 특별한 차는 하루 전부터 준비해야 한다. 신디의 어머니는 시장에서 붉은 대추와 용안을 포함한 주요 재료를 직접 선택했는데, 이는 달콤함을 위한 것이자 딸이 나중에 아들을 낳기를 기대한다는 의미를 담은 것이다. 어머니는 이렇게 달콤한 재료들로 딸의 원만한 행복을 기원한다.

결혼식 전날 밤이 되면 신랑의 가족들이 모여 함께 전통 의식을 거행하며 신랑에게 축복을 전한다. 이때 지림은 까닭 없이 돌아가신 어머니가 그리웠다. 어머니는 얼마 전 불행히도 암에 걸려 돌아가셨고, 아들이 결혼식장에 들어가는 것을 볼 수 없게 되었다. 지림은 인생의 무상함을 느끼는 동시에 주변의 모든 사람들을 더욱 소중히 여겨야만 하리라고 생각한다.

아들을 축복하는 아버지

결혼식 날이 되면 연회 준비가 질서 정연하게 진행된다. 식장으로 이용되는 신부네 집의 위층에서 신디는 거울을 보며 화장을 하는데, 거울 속의 여인은 그녀가 꿈꾸던 신부의 모습 그대로다. 붉은색 혼례복에 정교한 장식을 한 면류관을 썼다. 보석이 박힌 술이 꽃처럼 아름다운 그녀의 얼굴을 반쯤 가린다.

치장한 신부

이때 신디의 어머니는 부엌에서 결혼식용 첨차를 준비하고 있다. 차를 끓이는 데 사용되는 첫 번째 재료는 푸젠성에서 바다를 건너온 우롱차인데, 독특하고 그윽한 향기로 인해 한껏 사랑을 받는다. 곧이어 붉은 대추의 씨를 제거하고 약한 불로 천천히 끓인다. 설탕에 잰 과일과 동과(冬瓜)는 은은한 단맛을 내고, 용안 또한 강한 과일 향을 풍긴다. 짙은 향과 달콤함은 일반적으로 우롱차를 우리는 스타일이 아니지만, 이런 특별한 날에는 달고 깊은 차의 향이 잘 어울린다.

우롱차

붉은 대추의 씨 빼기

달콤한 재료

오래 전 신디의 어머니가 결혼식을 할 때도 그녀의 어머니가 딸을 위해 손수 같은 차를 준비했었다. 이제 세월이 흘러 그녀도 딸의 결혼식을 위해 차를 준비하는 사람이 되었다. 신부 어머니의 축복이 진한 차 향기를 통해 대대로 전해지는 것이다.

마침내 결혼식이 시작되는 시각, 신랑 들러리들이 빼곡히 둘러싼 가운데 지림이 현장에 도착한다. 그는 사람들 앞에서 큰소리로 서약문을 읽었는데, 신디가 그의 진정한 사랑이고, 앞으로 그녀만을 사랑할 것이며, 절대로 그녀를 속이지 않고, 책임지고 그녀를 기쁘게 할 것이라고 다짐했다. 신랑이 신부의 면사포를 걷어 올리는 순간, 두 사람의 또 다른 인생이 마침내 시작된다.

결혼식에서 첫 번째 첨차는 신부 신디의 부모님께 올리는데, 신혼부부가 부모님의 양육해주신 은혜에 감사를 드린다는 의미다. 신디의 부모는 차를 마시며 그들이 지림을 사위로 받아들였음을 표시하고, 또 이 커플이 행복하고 원만하게 살기를 축복한다.

결혼식의 봉차 의식

함께 차를 마시는 신랑 신부

신랑의 집으로 이동한 신디는 지림의 아버지에게 차를 권하며 그의 축복을 듣는다. 이어서 신디는 또 지림의 돌아가신 어머니에게도 차를 올리며 하늘에 있을 그녀의 혼이 이 결혼을 축복해 주기를 빈다.

차에는 두 세계를 연결하여 통하게 하는 특별한 응집의 힘이 있다. 손을 잡고 함께 차를 마심으로써 지림과 신디는 하나의 문턱을 넘어 과거와 이별하고 새로운 인생을 열게 된다.

제3부

경계를 넘어서는 변화와 포용

TEA WITHOUT LIMITS

세상의 온갖 미식과 어울리다

STORY 23

조화의 마법 티 페어링

끊임없이 변화하는 시대를 따라잡으려면 차 역시 지속적으로 혁신해야 한다. 그런데 차의 혁신은 전통을 중시하면서 동시에 이를 돌파해야만 하는 과제를 안고 있다.

'청음(淸飮)'이란 본래 차를 감식하던 전통적인 방법으로, 차만을 맛보는 것이다. 차 외의 풍미를 더하지 않고 음식을 곁들이지 않는 것이 기본이다. 그런데 국제적인 대도시 상하이에는 차의 새로운 영역인 음식과 차의 조합을 탐구하기 위해 이 전통과는 정반대의 길을 가고 있는 두 사람이 있다.

차를 시음하는 존스턴과 리윈즈

존스턴 테오는 최고급 레스토랑의 셰프이고, 리윈즈(李韻之)는 열정이 넘치는 티 소믈리에(茶藝師)이다. 그들은 서로의 재능을 합쳐서 전에 없던 차와 음식의 완벽한 궁합을 찾아내려고 한다. 지금 세계 곳곳에서 왕성하게 발전하고 있는 이 신조류를 흔히 티 페어링(tea pairing)이라고 한다. 차와 음식의 완벽한 페어링은 사람들에게 마법과도 같은 신비한 체험의 기회를 제공할 수 있다.

존스턴이 상하이에 연 레스토랑 루나(LUNAR)는 24절기를 테마로 메뉴를 만든다. 지금은 하지(夏至)를 맞이하여 멋지고 새로운 코스 메뉴를 준비 중이다. 이 코스 메뉴에는 4가지 종류의 차를 곁들인 10가지 요리가 나올 예정인데, 차의 맛은 처음에는 연하지만 음식의 맛이 점점 강해질수록 차도 더 진해져서 손님들에게 미각 깨우기 여행을 선물하게 된다. 하지만 아직도 메인 요리로 무엇을 할지는 미해결로 남아 있다.

새로운 티 페어링 시도

진지한 선택의 순간

두 사람은 먼저 리윈즈의 찻집에 앉아 중국 각지에서 온 제철 차들을 시음한다. 이 과정에서 존스턴은 지치지 않고 수십 가지 차를 맛볼 정도로 진지한데, 마치 '두 눈이 먼 맹인이 상세히 재는 것'처럼 천천히 차의 맛과 향을 음미한다. 그들은 종종 이렇게 찻집에서 종일을 보내곤 한다.

시음을 거쳐 두 종류의 차를 최종 후보로 선택한 존스턴은 이들 차와 어울리는 메인 요리를 구상하기 시작한다. 루나 레스토랑의 모든 식재료는 반드시 제철에 나온 것이어야 한다는 원칙이 있는데, 24절기를 테마로 음식을 만든다는 큰 법칙에 부합하는 원칙이다. 그런 면에서 존스턴은 하지의 무더위 속에 담백함과 상큼함을 전해줄 토마토를 떠올린다. 평소 거래하는 시외의 유기농 농장에서 적합한

토마토를 찾아내는 것은 별로 어려운 일이 아니다. 존스턴은 최종적으로 와규 갈비살과 유기농 토마토를 메인 요리에 함께 사용하기로 결정했다. 토마토의 가공은 쓰촨성에서 흔히 볼 수 있는 방식으로 풍미를 살리기로 했다. 사이드 메뉴는 소고기와 훈제 계란 노른자로 속을 채운 유기농 양배추 만두다. 존스턴에게 이 복잡한 요리와 그에 어울리는 적절한 차를 페어링하는 것은 일종의 예술과 다름이 없다.

사람의 혀에 있는 미뢰는 단맛·짠맛·신맛·쓴맛·감칠맛의 5가지 기본 맛을 구별할 수 있다. 그러나 맛이란 그렇게 단순한 것이 아니며, 일련의 감각들의 조합이라고 할 수 있다. 그래서 기본 맛뿐만 아니라 식감이나 냄새도 맛에 대한 우리의 판단에 영향을 미친다. 이는 인간이 거의 무한히 많은 맛의 조합을 느

와규 갈비

유기농 토마토를 이용한 메뉴

낄 수 있음을 의미한다. 이러한 복잡한 맛과 향기로운 차가 잘 어울리면 우리는 즐거운 감각의 충돌을 경험할 수 있다. 이는 환희의 교향곡과 같아서 다양한 맛이 조화롭게 혼합되어 어떤 단일한 맛이 주는 즐거움보다 훨씬 큰 즐거움을 우리에게 선물한다.

물론 이러한 효과를 얻으려면 차와 음식을 적절하게 잘 조합해야 한다. 다양한 차 중에서 리윈즈와 존스턴은 메인 요리에 어울릴 차로 두 가지를 미리 골랐고, 실제로 요리를 먹으며 다시 이들 차를 시음한다. 하나는 푸젠성에서 온 노백차(老白茶)로, 대추향이 나고 차탕이 순후하다. 약용차로 유명하고, 실제로 해독과 신체 균형에 유익하다. 다른 하나는 광둥성에서 온 밀란향(蜜蘭香) 단총 우롱차이다. 밀란향 단총은 향형이 독특해서 붙은 차의 이름으로, 진한 벌꿀 향과 은은한 난꽃 향이 결합된 차이다.

차를 자세히 맛본 후에 두 사람은 훈연한 느낌과 견과류 느낌까지 감칠맛 이상의 맛이 나기 때문에 밀란향이 메인 요리에 더 적합하다는 데 의견의 일치를 보았다. 두 사람에게도 이 페어링은 깜짝 놀랄 만큼 멋진 조화를 보여주었다. 밀란향 단총은 강한 꽃향이 있고 강한 탄닌 맛이 더해져 쇠고기의 묵직한 맛과 잘 어울렸다. 꿀과 난초 꽃의 향기는 토마토의 달콤한 맛과도 조화를 잘 이루었다.

밀란향 단총과 그 차탕

이 차와 함께 나오는 요리는 기대 이상으로 손님들을 기쁘게 한다. 바질과 레모네이드는 미뢰를 맛과 향의 세계로 서서히 인도하고, 갈비살 요리와 밀란향 단총의 조합은 손님들에게 전에 없던 신선한 충격을 선물한다.

고품질 차와 고급 요리의 조합을 의미하는 티 페어링이라는 예술은 전적으로 새로운 영역인데, 역동적이며 혁신적인 맛으로 차객과 식객의 흥미를 자극하고, 미묘한 고급차에 아주 새로운 소비층을 제공하기도 한다.

존스턴 셰프

❝ 저는 말레이시아의 한 중국인 가정에서 태어났습니다. 다섯 살 때 싱가포르로 이사했고 싱가포르에서 자랐습니다. 제가 일한 모든 레스토랑에는 단지 와인만 있어서 차는 저에게 아주 새로운 재료입니다.

레스토랑 '루나'는 차를 한 가지 요리로 봅니다. 두 요리 사이에 차를 끼워넣으면 서로 다른 요리들을 연결할 수 있습니다. 차를 맛보고 음식을 먹고 나서 다시 차를 마시면 맛이 더욱 순수해집니다. 차는 요리의 부속품이 아니며, 둘은 결코 상충되지 않고, 오히려 매우 조화로운 것입니다. 이것이 루나가 요리와 차를 조합하는 이념입니다.

"불시불식(不時不食)"이라는 옛말이 있는데, 제철이 아닌 음식을 먹지 않는다는 뜻입니다. 우리의 메뉴는 계절성이 강하기 때문에 24절기를 따라야 하며, 절인 식품을 제외하고는 모두 제철의 신선한 식재료를 사용합니다. 저는 시장을 돌며 신선한 식재료를 조사합니다. 우리는 공급업체와 사이가 좋습니다. 우리는 그들에게 봄에 어떤 제철 채소가 있는지 묻고, 그들은 또 이 채소들이 어디에서 생산되는지 우리에게 알려줍니다. 만약 상하이에 있다면 우리가 직접 가서 캐겠습니다. 차도 마찬가지라고 생각하는데, 각 차마다 모두 마시기에 가장 좋은 계절이 있기에 최상의 맛을 찾기 위해 우리는 절기에 따라 차 리스트를 조정합니다. ❞

리윈즈(李韻之) 티 소믈리에

저는 2011년부터 차를 마시기 시작했고, 그때부터 차에 큰 흥미를 갖게 되었습니다. 2015년경 상하이에 장소를 빌려 이 찻집을 열었는데, 찻집 이름은 '시공간(柿空間)'이라고 합니다.

저는 차와 요리의 조합을 의미하는 티 페어링이라는 개념이 매우 재미있다고 생각하는데, 이것은 서양 문화 가운데 식사와 술의 조합에 영향을 받아 생겨났다고 여겨집니다. 저는 상하이의 많은 셰프들이 모두 차와 요리를 조합해서 만들고 싶어 한다는 것을 알아차렸습니다. 이것은 새로운 방향이자 추세인데, 아주 새로운 방식으로 중국 문화를 홍보하는 길도 됩니다.

차와 술은 같은 것일까요, 아니면 다른 것일까요. 저는 그것들이 매우 비슷하다고 생각합니다. 와인은 풍토를 중시하고 차는 산지를 중시합니다. 동시에 둘은 또 매우 다르기도 한데, 대체로 와인의 맛이 더 강합니다. 차의 맛에 익숙하지 않은 사람들의 경우 차의 향기는 와인에 비해 훨씬 싱거울 수 있습니다. 이것은 매우 부드럽고 함축적인 중국식 향기입니다.

식당에서 우리의 미뢰는 이미 많은 요리의 맛을 체험했습니다. 그런데 차의 맛은 담백하여 사람들이 각종 차의 독특함을 완전히 맛보고 체험하기가 어렵습니다. 우리의 원칙은 차의 진정한 풍미와 맛을 구현하면서 동시에 사람들이 차와 요리가 잘 어울린다고 느끼도록 하는 것입니다. 고객이 요리를 드시고 차를 마실 때 요리와 차가 입에서 완벽한 조화를 이루어 1 더하기 1은 2보다 큰 효과가 난다는 것을 미각으로 느껴야만 합니다.

존스턴은 자신이 만든 요리를 먹고 우리가 고른 차를 마시고 나서 몹시 즐거워하더니 계속 '하하하' 하고 웃었습니다. 저는 이것이 사람의 가장 진솔한 반응이라고 생각합니다. 우리가 하나의 차를 마시는데 그것이 아주 맛있는 음식과 매우 잘 조화를 이룬다면 누구나 그 기쁨을 참지 못하고 웃지 않을 수가 없을 겁니다. 저 스스로도 그런 것 같은데, 이것은 내면에서 우러나오는 기쁨입니다.

병에 담긴 미션 미국의 콜드브루 티

미국의 아이스티 문화

차가 미국에 처음 도착한 이후로 미국인들은 자기들만의 차 마시는 방식을 만들어냈다. 19세기부터 그들은 우선 설탕, 독한 술, 과일주스로 맛을 낸 펀치티(Punch Tea)를 만들어 차갑게 마셨다. 이 아이스티는 이후 미국에서 매우 공고하게 음료 시장을 석권하고 있는데, 중국 재스민차의 본고장에서 온 에비 첸(陳薇)은 고품질의 새로운 콜드브루 티(冷泡茶) 한 병으로 이 시장의 판도를 바꾸어놓을 수 있기를 희망한다.

전통적인 미국식 아이스티

에비는 중국에서 자라 10대 때 미국으로 건너왔는데, 미국의 아이스티에 몹시 충격을 받았다. 그녀는 미국의 병에 든 차에 설탕이 매우 많다는 것을 발견한 뒤로 그것을 '패스트푸드 차'라고 불렀는데, 그 제조 방식은 150년 전이나 지금이나 완전히 동일하다. 도매상이 시럽이나 농축액을 보내오면, 레스토랑에서는 거기에 물을 섞어 손님에게 제공한다. 당연히 이 차는 '매우 달고 품질은 매우 나쁘다.' 에비의 마음속에는 아이스티를 재정의해야 한다는 생각이 싹텄다.

에비는 새로운 제품, 실제로 차게 우리고 차게 마시는 차를 출시하려는 야심 찬 계획을 세웠다. 이 콜드브루 티는 미국 시장에서 판매되는 기존의 아이스티와는 완전히 다르다. 진정한 콜드브루 티는 찬물에 찻잎을 담가 비교적 긴 시간 우린 차인데, 천천히 차를 우려서 온도 대신 시간이 차향을 추출하게 한다.

에비의 '샤오웨이 티 바'

2014년 에비는 '샤오웨이(小薇)' 티 바(tea bar)를 열고 지하실에서 차를 우려 팔기 시작했다. 여기서 그녀는 고객들과 함께 다양한 차를 시험했는데, 미국인들이 좋아하는 차 음료의 맛을 이해하기 위해 그들의 사고방식을 먼저 배워야만 했다. 찻집은 또 그녀가 하려는 미래의 병 포장 차 사업을 위한 밑천도 제공했다.

어느 날 피터 글래드스톤이 이 찻집에 들어서면서 에비의 행운도 시작되었다. 피터는 수제 음료를 홍보하는 일에 정통했는데, 그들은 단번에 의견이 일치되어 함께 콜드브루 티의 병 포장 사업을 같이 해보기로 결정했다.

에비의 콜드브루 티 만들기

제조업체에 자기 생각을 설명하는 에비

미국의 아이스티 시장은 몇 개의 대형 브랜드가 장악하고 있는데, 그들에게 도전하는 유일한 방법은 현장으로 나가 각 주를 두루 돌아다니며 최고의 파트너들을 찾는 것이다. 그러나 에비의 경우 콜드브루 티 사업의 선구자이고, 수제 콜드브루 티의 맛이 신기해서 비록 거대한 잠재력이 있을지라도 그 시장은 에비 스스로 혼자서 모색하고 찾아낼 수밖에 없었다. 공장에서 콜드브루 티를 양산한 사람이 아직 아무도 없었던 것이다. 에비는 미국 전역을 두루 돌아다니며 양조장과 제조업체에 자신의 이념과 아이디어를 설명하고, 그녀를 도울 수 있는 팀을 찾았다.

그러다 마침내 버지니아주에 있는 음료 제조 공장 서밋(SUMMIT)을 성공적으로 설득함으로써 에비는 차게 우려서 바로 마시는 콜드브루 티를 대중에게 알리는 사업에 한 걸음 더 다가서게 되었다. 차의 맛을 더 완벽하게 만들기 위해 에비는 서밋 공장의 연구개발 실험실에서 팀원들과 함께 콜드브루 티의 기초 배합 재료인 농축 과일주스를 개량했는데, 이는 그녀의 '콜드브루 히비스커스 홍차'에서 중요한 재료가 되었다. 그들은 50%에서 11%까지 다양한 비율로 찻물을 배합하려고 끊임없이 시험했으며, 마침내 정확한 수치를 찾아냈다. 이런 세부적인 문제에 에비가 이렇게 집착한 적은 일찍이 없었다.

실험실에서의 차 음료 배합

팀은 많은 어려움을 극복했고, 차의 맛은 에비가 원하는 수준에 도달했다. 그들은 차의 맛을 성공적으로 향상시켰는데, 이는 새로운 차 음료를 만드는 가장 어려운 단계였다. 그 후 에비는 다시 '딸기 바질 홍차'와 '망고 레몬그라스 녹차' 등 고품질의 콜드브루 티를 개발하기 위해 직접 차를 섞고 우려낸 뒤 찬물에 24시간 담그는 실험을 계속했다. 그런 다음 차와 차탕 및 부재료를 공장으로 보내고, 거기에서 차를 만들고 병에 담은 뒤 새로 디자인한 라벨까지 붙였다.

콜드브루 티의 생산 라인

에비

에비의 사업은 계속 커져서 콜드브루 티의 생산 규모는 9만 리터에서 45만 5천 리터까지 증가했다. 그럼에도 에비는 병에 담는 이 차들의 생산량을 계속 확대하고 싶어 한다. 에비는 "립톤과 같은 대형 업체가 주도하는 시장에서 우리는 이런 방식으로 규모화를 달성하려고 시도하는 첫 번째이자 유일한 소형 차 기업이 될 것"이라고 말한다.

얼마 지나지 않아 에비의 회사는 14개의 유통업체와 거래를 하게 되었고, 미국 전역에 있는 수백 개의 슈퍼마켓에 진출했다. 콜드브루 티의 개념도 이 젊은 여성 기업가 때문에 미국에서 더욱 널리 유행하게 되었다.

에비(陳薇) '에비(Evy) 콜드브루 티' 창립자 겸 CEO

" 제가 열여덟 살 때 처음 미국 보스턴에 도착해 차 한 잔을 주문했을 때의 일입니다. 말린 찻잎이 담긴 컵과 뜨거운 물이 나올 줄 알았는데 미국 차는 전혀 그렇지 않았습니다. 미국인들에게 차는 곧 아이스티였습니다. 나중에 콜드브루 커피를 처음 마셔보고 저는 심하게 충격을 받았는데, 우리고 마시는 방법에 따라 커피 맛이 그렇게 달라질 수 있다는 사실이 놀라웠습니다. 그것은 부드럽고 조금도 쓰지 않았으며, 향긋하고 맛이 강했습니다. 당시 저는 콜드브루 커피도 매우 마시기 좋고 대단하다고 생각했습니다. 그럼 차도 이렇게 만들 수 있지 않을까? 그 당시에는 아무도 이렇게 차를 만들지 않았기 때문에 저는 곧 실험을 시작했습니다. 이 개념은 너무 새로워서 저는 당시에도 제가 무엇을 하고 있는지 잘 몰랐습니다.

제 노트가 하나 있는데 거기에 제 모든 레시피가 기록되어 있습니다. 저는 천천히 이 원료를 어떻게 이용해서 상쾌하고 매끄러운 최상의 차를 만들 것인지 연구했습니다. 제가 처음 차를 마셨던 그 순간, 그 마법에 가득 찬 순간을 저는 다시 잡고 싶었고, 저는 그것을 병에 담고 싶었습니다. 지난 12개월 동안 병·라벨·포장·디자인·운송·원자재 결정 등 백만 가지가 넘는 일을 한 것 같습니다. 그런 후에야 콜드브루 티를 병에 담고 마개를 덮을 수 있었습니다. 저는 저의 인생과 저의 이야기와 저의 사명(使命)을 모두 이 병 하나에 담았습니다.

저는 푸젠성(福建省) 푸저우시(福州市)에서 태어났습니다. 저는 여름이면 자주 할머니 댁에 갔는데, 사람들에게 차를 우려주는 놀이를 즐겼습니다. 아마 세 살 정도 되었을 때부터일 겁니다. 할머니 집에는 향료와 생화, 과일이 가득한 후원이 있었는데, 저는 아직도 그 정원에서 바람결에 흩날리던 재스민 꽃잎을 기억합니다. 저는 지금도 고향을 생각하기만 하면 머릿속에 바로 이런 광경들이 떠오릅니다. 할아버지와 할머니가 아직도 살아계셔서 제 차를 드셔보셨으면 참 좋겠습니다. 그분들이 과연 어떻게 생각하실지 정말 궁금합니다. "

피터 글래드스톤 투자자 겸 컨설턴트

" 에비의 작은 찻집은 당시 제가 일하던 맥주 공장의 어두운 구석에 숨겨져 있었는데, 제 동료 한 사람이 에비를 만나보라고 권했습니다.

에비가 어떻게 차를 만드는지 보았을 때 제 머릿속은 마치 등불이 켜진 것 같았습니다. 세상에나! 차는 미국인들이 물 다음으로 가장 많이 마시는 음료인데, 저는 그런 차는 처음 마셔보았습니다. '이것은 수제 맥주의 차 버전'이라고 저는 마음속으로 생각했습니다. 조만간 사람들이 그녀의 차에 관심을 가질 것이니 모든 것은 다만 시간 문제일 뿐이었죠.

에비는 적절한 파트너를 찾기 위해 구글에서 '콜드브루 티 제조 공장'을 검색할 수가 없었습니다. 그걸 만들 공장은 세상 어디에도 없었으니까요. 그녀는 스스로 방법을 찾고 모든 샘플을 만들어야 했습니다. 그런데 우리는 각자 자기 주방에서 만든 맛있는 음식을 다른 곳에 가서 다시 만들 때 똑같은 맛을 내지 못하는 경우가 많습니다. 이것은 완전히 별개의 문제이기 때문인데, 많은 회사들이 바로 여기에서 실패합니다. 이 한 병의 차를 위해 에비는 너무나 많은 것을 바쳤습니다. "

젊음의 맛 대만에서 온 흑당버블티

차 음료 산업을 전복시키고, 신세대 시장을 석권하며, 지속적으로 매력을 발산하는 구슬같이 둥글고 옥처럼 매끄러운 차 음료가 있다. 흑당버블티, 혹은 전주나이차(珍珠奶茶)가 그것이다. 이 차는 일종의 차가운 밀크티이자 혼합 음료로, 기본 재료인 차·얼음·우유·설탕 외에 가장 중요한 재료인 타피오카 펄이 들어가는 것이 특징이다. 타피오카(tapioca)는 열대 식물 카사바(cassava)의 뿌리에서 채취하는 녹말로, 이것을 둥근 구슬(pearl, 珍珠)처럼 뭉쳐놓은 것이 타피오카 펄이다.

전주나이차(흑당버블티)

그런데 이 인기 있는 새 음료는 결코 전통을 뒤엎고 나온 것이 아니라 오히려 고대 중국차의 전통에서 영감을 받아 탄생한 것이다. 이 새로운 음료 역시 중국차를 기본으로 삼는다. 여기에 영국인들이 차에 우유를 넣어 마시는 방법을 혼합했다. 그리고 핵심 재료인 타피오카 펄은 사실 남아메리카가 원산지다.

린슈후이(林秀慧)는 이 흑당버블티의 발명가 중 한 사람으로, 1987년 18세의 나이에 대만 타이중(臺中)시의 한 전통 찻집에서 손님들에게 우롱차를 우려주는 직업을 얻었다. 이 찻집의 주인 류한제(劉漢介)는 차 감별사이다. 당시 그들은 여전히 전통 방식 그대로 차호에 우린 우롱차를 판매했는데 손님은 별로 많지 않았다. 특히 무더운 여름에 몹시 뜨거운 차탕은 고객들에게 별로 인기가 없었다.

새로운 도약을 위해 류한제의 찻집은 전통을 깨야만 했다. 영감을 찾기 위해 류한제는 차 문화의 역사를 깊이 연구하기 시작했다. 그는 예상외로 음다법을 변용시키는 전통이 심지어 송나라까지 거슬러 올라간다는 것을 알게 되었다. 옛 기록에서 '여름에는 얼음을 탄 꿀차를 마신다.'는 기록을 찾아낸 것이다. 이미 송나라 때 차에 얼음을 타서 마셨다는 기록에 놀란 류한제는 시험 삼아 아이스티를 만들어보기 시작했다. 그렇게 탄생한 것이 홍차를 우린 뒤 얼음 위에 부어서 마시는 아이스 버블티였다. 이 새로운 차 덕분에 찻집의 매상이 크게 늘었다. 하지만 그는 여기에 만족하지 않고 젊은 린슈후이와 다른 직원들에게 새로운 혁신을 이어가도록 격려했다.

전통 방식의 포다법

시장에서 파는 타피오카 펄

1988년의 어느 날, 린슈후이는 어린 시절 자신이 가장 좋아했던 간식거리인 타피오카 펄을 차에 넣어 시험해 보자는 기발한 생각을 떠올렸다. 타피오카 펄은 처음에는 흰색이고 단단하며 맛이 없다. 이걸 큰 통에서 거품이 나도록 끓이고 검은색으로 변할 때까지 캐러멜(흑당) 시럽에 몇 시간 동안 담가둔다. 그러면 이 펄은 절묘한 탄력과 지극히 적당한 쫄깃함을 가지게 되는데, 이 특별한 식감은 젊은이들 사이에서 '큐(Q)!'라고 불린다.

흑당버블티의 매출은 출시된 지 몇 달 만에 찻집의 모든 아이스티 판매량을 넘어서 전체 매출액의 80% 이상을 차지할 정도로 인기를 끌었다. 또 바로 이 흑당버블티 덕분에 류한제는 뜻밖에도 찻집 앞에 사람들이 줄을 서는 모습까지 보게 되었다.

우유와 펄 추가

다양한 흑당버블티

오늘날 흑당버블티는 전 세계 어디서나 볼 수 있는데, 대만에만 2만 1,000개 이상의 흑당버블티 가게가 있고, 지속적으로 시장을 개척하여 세계적으로 인기 있는 차 음료가 되었다. 그런데 이 흑당버블티도 나날이 변화를 계속하고 있다. 우유의 경우 전지방 또는 탈지일 수 있고, 아몬드 우유나 코코넛 우유와 같은 비유제품으로 대체될 수도 있다. 또 우유를 넣지 않고 순수한 아이스티 또는 과일주스 음료로 만들 수도 있다. '펄'은 구슬처럼 크거나 완두콩처럼 작을 수 있으며, 검은색도 있고 빨간색도 있고, 또 수정같이 맑은 것도 있다. 기타 배합 원료도 확장되어 타피오카 펄 외에 허브·알로에·아몬드 젤리·크림푸딩·팥·이탈리안밀크젤리와 심지어 오레오 비스킷까지 각종 배합이 천태만상이다. 린슈후이의 말처럼 "차의 모습은 아주 다양하고, 차의 세계는 아주 넓어서 못 할 게 없다."

린슈후이(林秀慧) 흑당버블티 발명가 중 한 사람

❝ 어린 시절에 저는 시장에서 자랐는데, 가장 기억에 남는 것이 타피오카 펄을 사 먹던 장면입니다. 한 할머니가 있었는데, 따끈따끈한 타피오카 펄을 메고서 시장을 돌아다니며 50전에 한 그릇씩을 팔았습니다. 타피오카 펄은 뜨거울 때 먹으면 정말 '큐(Q)'입니다. 아주 달콤하고 맛있습니다.

열여덟 살 무렵부터 저는 춘수이탕(春水堂)에서 일했습니다. 당시 이 가게는 전통적인 찻집이었고, 저는 항상 카사바 가루를 가지고 출근했습니다. 그것은 여전히 제가 가장 좋아하는 간식이었기 때문입니다. 찻집에서 그걸 끓여 다른 직원들과 함께 나누어 먹곤 했습니다.

저는 아이스 버블티 마시는 것도 좋아했기 때문에 이 둘을 동시에 먹을 수는 없을까 하는 생각을 하게 되었고, 여러 시험을 해보았습니다. 그 결과 차에 타피오카 펄과 설탕, 얼음을 넣고 흔들면 아주 예쁜 차 음료가 된다는 것을 알아냈습

니다. 저 자신이 마법사처럼 느껴졌죠.

그 당시 우리 메뉴에는 류한제 선생이 발명한 아이스 버블티가 이미 있었습니다. 류한제 선생이 저에게 그 버블티로 새로운 레시피를 만들어보라고 권하셨습니다. 저는 이미 경험이 있어서 곧바로 버블티에 타피오카를 좀 넣었습니다. 그렇게 만든 흑당버블티를 일주일 정도 가게에서 시판해본 뒤에야 류 선생께 새로운 음료를 만들었다고 말씀드렸습니다.

만약에 류 선생이 발명한 아이스 버블티가 없었다면 저는 흑당버블티를 만들 수 없었을 것입니다. 그분 이전에는 누구도 차를 차갑게 마시지 않았습니다. 찻집에서도 차를 한 잔 한 잔 팔지 않고 차호 단위로만 팔았습니다. 류 선생이 이를 변화시켰고, 그런 면에서 저는 류 선생이 개척자라고 생각합니다.

흑당버블티를 잘 만들기 위해서는 적절한 기술이 있어야 합니다. 우선 차·시럽·우유·얼음·타피오카 등 배합할 모든 재료의 양이 적절해야 합니다. 저는 현재 춘수이탕의 제품 총감독으로 계절마다 재료 공급업체를 직접 선택하고, 새로운 레시피를 개발하고, 직원을 훈련·양성하며 음료를 개선하는 등 제품의 모든 방면을 책임지고 감독합니다.

우리에게는 연구개발 부서가 하나 있습니다. 우리는 또 모든 매장과 직원이 경쟁에 참여할 수 있도록 다양한 활동을 조직하고, 직원들이 음료와 '놀도록' 해서 자신만의 레시피를 개발하도록 장려합니다. 대회에서 우승한 직원은 자신의 창의적인 음료를 메뉴판에 추가할 수 있습니다. ❞

류한제(劉漢介) 춘수이탕(春水堂) 설립자

> 저는 40년 전에 차 문화에 대한 책을 썼기 때문에 많은 사람들이 저에게 와서 공부했습니다. 저는 이 책을 쓰기 위해 세계의 다양한 사람들이 어떻게 차를 마시는지 알고 싶었고, 실제로 전 세계를 두루 여행했습니다. 저는 책을 내서 번 돈으로 제 첫 가게를 열고, 그 후 저는 가게에서 차 문화를 가르치면서 차를 팔았습니다.
>
> 대만은 민난(閩南)문화의 많은 부분을 계승했습니다. 때문에 대부분의 대만인들은 차라고 하면 우롱차 하나만 알고 있습니다. 만약 당신이 저의 아버지에게 무슨 차를 마시느냐고 물어보면 그는 우롱차라고 알려줄 겁니다. 우리 할아버지의 답도 역시 똑같습니다. 우리가 우롱차를 마신 역사가 이미 300~500년 정도 됩니다. 민난 사람들은 작은 차호로만 차를 우려냅니다. 전통차는 통속적으로 '노인차'라고도 부르는데, 이런 차는 실제로 노인들만 마십니다. 저는 사업을 확장해야
>
> 했고, 젊은이들에게 좋은 차를 가져다주고 싶었습니다.
>
> 저는 송나라 문헌에서 여름에 얼음을 넣은 꿀차를 마셨다는 흥미로운 기록을 보았습니다. 송나라에 어떻게 얼음이 있을 수 있는지 저는 정말 놀랐습니다. 이것이 저에게 영감을 주었고, 돌아와서 저는 바로 중국차를 마시는 방법을 바꾸었습니다. 저는 차를 뜨거운 것에서 차가운 것으로 바꾸었고, 또 한 잔씩 한 잔씩 만들어 팔았는데, 이전에는 아무도 그렇게 하지 않았죠.
>
> 저는 이 차가운 차를 팔기 위해 가게에 작은 상품 진열장을 배치했는데, 그 결과 매우 환영을 받았습니다. 얼음을 채운 음료 사업은 심지어 우리 가게의 전통차 사업보다 더 잘 되었습니다. 저는 아이스티가 전통차보다 인기가 많다는 게 믿기지 않아서 두 번째 매장을 열고 다시 추가로 테스트를 했습니다. 결과는 역시나 성공적이었습니다. 저는 알코올·우유·주스 같은 다른 재료들을 섞기 시작했습니다. 그때 얼음 빙수 한 그릇이 5위안밖에 안 됐는데, 저의 아이스티는 12위안에 팔았습니다. 그래도 모두가 아이스티를 좋아하고 또 사 먹고 싶어 했습니다.
>
> 우리는 실론 홍차를 사용합니다. 실론 홍차의 공급망은 세계에서 가장 안정적입니다. 만약 당신에게 이런 좋은 차가 있다면 당신은 반쯤은 이미 성공한 것입니다. 그다음은 설탕인데, 우리는 사탕수수로 만든 흑설탕을 끓여서 시럽을 만듭니다. 마치 우리 할머니와 같은 또래들이 과거에 해오셨던 것처럼 말입니다. 지금은 물론 우리 직영 공장에서 배합 원료를 가공하지만, 모든 매장 관리자는 시럽 만드는 법을 배워야 합니다. 🙾

아마존의 축복 에콰도르의 과유사 홍차

남미의 에콰도르 국민들만큼 커피를 마시는 데 헌신적인 사람들도 없다. 아마존 열대우림 깊은 곳이나 시끄러운 수도 키토(Quito)를 막론하고 많은 에콰도르 사람들은 커피로 새로운 하루를 깨운다. 그러나 기예르모 자린(Guillermo Jarrín)과 그의 가족은 다른데, 그들은 차로 아침을 시작한다.

영국에 살던 기예르모는 차에 대한 애정이 매우 깊었는데, 이 깊은 애정이 그에게 용기를 주었다. 그는 에콰도르 음료 시장에서 커피의 주도적인 지위에 도전하여 커피를 좋아하는 에콰도르 사람들에게 쓰고 떫고 맑고 달콤한 차의 매력을 알리기로 했다. 많은 사람들이 그에게 이것은 기상천외하며 허황된 일이라고 말했지만, 그는 에콰도르에서 판매량이 커피의 10분의 1도 안 되는 차의 잠재력이 줄곧 과소평가되어 왔다며 맞섰다.

기예르모 가족의 모닝 티 타임

블렌딩 차의 원료를 진지하게 고르는 기예르모

기예르모는 많은 난관을 돌파해야 했다. 우선 공부를 해서 티 소믈리에 자격증을 취득했고, 이후 작은 회사를 설립하여 처음부터 새로운 차 브랜드를 만들었다. 그러나 차 음료 시장은 오래되고 전통적인 여러 대형 브랜드들이 이미 과점하고 있었다. 기예르모는 후발주자로서 차 시장에 파괴적인 혁신을 가져오는 것이 자신의 핵심 과제라는 것을 잘 알고 있었다. 따라서 그는 여러 유형의 차를 사용하는 것을 기본으로 삼고, 여기에 다양한 꽃·과일·허브 및 향료를 결합하여 다수의 블렌딩 차를 만들어냈다. 그에게 차의 혁신이란 곧 새로운 맛을 내는 블렌딩 차를 만든다는 것과 같은 말이었다.

그러나 기예르모는 여기에 머무르지 않았다. 에콰도르 커피에 필적하고 젊은 세대 소비자를 정복하기 위해 그는 카페인 함량이 비교적 높은 새 블렌딩 차를 개발하려는 보다 참신한 계획을 세웠다. 그는 이 제품을 개발하기 위해 아마존 열대우림 깊은 곳으로 들어가서 케추아(Quechua) 부족을 만났다.

케추아족 여인

과유사 잎

수천 년 동안 케추아 사람들은 이 원시림 속에서 조상 대대로 살아왔는데, 부족 문화의 핵심에는 매우 특별한 이파리인 과유사(guayusa) 잎이 있다. 과유사는 전통적인 차나무가 아니라 호랑가시나무의 일종이다. 과유사는 천연적으로 카페인과 폴리페놀이 풍부하지만, 카페인 함량이 커피보다 적어 긴장과 초조 등 흔히 볼 수 있는 부작용을 일으키지 않는다. 일찍이 서기 500년경부터 과유사 잎은 사람의 정신을 맑게 하고 육체적 기운을 북돋우는 약초차 재료로 이용되었다. 일종의 천연 에너지 드링크 역할을 해온 것이다.

세 가지가 혼합된 원료

기예르모는 향이 강한 이 과유사 잎을 사용하여 새로운 유형의 블렌딩 홍차를 만들 계획이다. 그가 아마존 홍차와 중국차 및 과유사 잎이라는 세 가지 식물을 적절히 혼합하면 오래된 음료가 재생되어 카페인이 풍부한 현대식 차 음료가 태동하게 된다. 실험 삼아 만든 이 새로운 음료의 맛을 본 케추아 사람들은 기분을 상쾌하게 해주는 이 음료에 대해 칭찬을 아끼지 않는다.

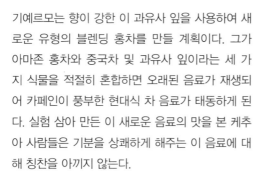

케추아 사람들의 새로운 블렌딩 티 시음

기예르모가 '티피티 멀티플스(Tippytea Multiples)'라는 차 음료 브랜드를 창립한 것은 그의 나이 서른세 살 때였다. 그는 에콰도르의 안데스 및 아마존 지역 원주민 여성들과 협력하여 그녀들과 그 가정의 소득을 창출하는 것을 돕고 싶었고, 동시에 상업화를 통해 원주민 식물과 지역 문화 특성 간의 연계를 도모하고 생물 다양성을 보호한다는 웅대한 목표를 가지고 있었다. 다음은 기예르모의 사명 선언문이다.

"우리는 에콰도르 안데스와 아마존 지역 원주민 여성들이 손으로 재배하고 따온 유기농 약초와 과일을 사용해 세계 최고의 블렌딩 차를 만들겠습니다. 우리는 공정무역과 유기농업과 농업생물다양성 및 우리나라 원주민 공동체에 조상 대대로 전해지는 지식을 보호하는 것을 지지합니다. 우리는 사회와 환경에 대해 책임을 집니다. 우리는 원주민 여성을 위해 권리를 부여하는 것을 지지합니다. 우리는 정기적으로 그들의 제품을 구매해 그들을 위해 안정적인 수입원을 제공할 것입니다."

아마존의 원주민 여성

기예르모와 아마존 원주민이 협력하여 만든 생산시설

2017년 12월 기예르모는 에콰도르를 대표하여 스위스 제네바에서 열린 유엔 글로벌 스타트업 위크에 참가했다. 이 스타트업 위크에서는 세계 여러 지역의 10개 프로젝트를 선정하여 그 비즈니스 모델과 목표를 세계인에게 발표하게 했는데, 기예르모의 티피티 블렌딩 차 사업도 그 중의 하나로 선정되는 영예를 안았다. 이는 기예르모의 사업이 육상 생태계의 지속 가능한 이용과 자연 서식지 보호, 지속 가능한 공동체, 특히 문화 및 자연유산 보호라는 목표를 달성하는 데 탁월한 성과를 거두는 공헌을 했기 때문이다.

현재 기예르모의 핵심 고객은 대부분 젊은 소비자들이다. 그들은 점점 더 도덕 준칙에 부합하는 상업 생산을 중시하는데, 티피티 멀티플스의 브랜드 이념에도 매우 우호적이다. 이제 기예르모는 수출 시장을 개척하고 에콰도르 본토의 풍미를 전 세계에 소개하려고 한다. 그는 "우리는 세계 차의 대표 브랜드가 되어 우리의 문화를 함께 누리고 우리의 정체성을 함께 누리고 에콰도르에서 온 현지 제품을 함께 누리고 싶습니다."라고 말한다.

기예르모(Guillermo Jarrín) 티피티 멀티플스 창립자

> 저는 차를 사교 음료이자 '원형 음료'라고 생각합니다. 제가 말하는 '원형(圓形)'은 사람들을 둥그렇게 함께 모이도록 만든다는 의미입니다. 차를 마시는 문화가 있는 어느 나라에서나 차는 모두 이런 것 같다고 생각합니다. 저는 차와 창업에 대해 매우 호기심이 많아서 차와 관련된 모든 지식을 찾아 조사하고 연구하기 시작했고, 또 티소믈리에가 되기 위한 자격증도 땄습니다.
>
> 저와 협력하는 아마존 원주민 공동체는 약 250가구의 가정으로 구성되어 있는데, 그들의 땅은 정말이지 너무나 작습니다. 그 좁은 땅 위에 집이 있고, 사람들은 자기 집 후원에서 농작물을 생산합니다. 대부분의 재배와 수확은 여성에 의해 이루어집니다. 저는 그녀들이 수입을 창출하여 가정의 경제적 자립을 이루도록 돕고, 동시에 이 모든 원주민 공동체의 전통과 대대로 전해져 내려오는 지식을 살리기 위해 그들과 협력하고 있습니다. 티피티의 차 음료는 또 안데스산맥의 카모마일·민트·레몬그라스 같은 기타 식물들도 사용합니다. 우리나라의 이 기특한 과일과 약초들 덕분에 우리의 차는 세계의 다른 차들과는 차별화되며, 우리는 이를 세계인과 함께 나눌 수 있기를 희망합니다.
>
> 유엔무역개발회의(UNCTAT)를 통해 유엔은 티피티의 블렌딩 차 사업에 대한 시작 지원 프로그램을 통과시켰습니다. 의심할 여지 없이 이것은 저의 모든 비즈니스 생애 중에 얻어낸 최고로 중요한 상입니다. 이것은 또 모든 에콰도르 회사들의 이정표가 될 수 있으며, 아울러 이 나라에 책임 있는 원자재 공급이 얼마나 중요한지를 분명하게 보여주는 것입니다.

우주의 맛 최전선의 도쿄 블렌딩 티

과거에 작은 어촌이던 도쿄는 오늘날 지구상에서 인구 밀도가 가장 높은 도시 중 하나이며, 이곳에 살던 옛사람들은 중국에서 온 최초의 차를 맛본 적이 있다. 약 2,000년이 지난 오늘, 오모테산도구(在表參道區)의 눈에 띄지 않는 한 건물 안에서는 옛 경전의 말씀에서 벗어나려는 어느 티 마스터의 수중에서 차가 큰 변화를 겪고 있다.

사쿠라이 마노(櫻井真野)는 일본에서 가장 혁신적인 생각을 가진 티 마스터 중 한 사람이다. 17년 동안 그는 정성스럽게 갈고 조심스럽게 닦으면서 자기의 기예를 지속적으로 발전시켜 다도 전문가가 되었다. 그 후 그는 하나둘 전통의 속박을 타파하기 시작했다. '사쿠라이(櫻井) 일본식 차 체험관'의 운영자인 그는 사실 차 문화계의 몽상가로 더 잘 알려져 있다. 그는 부단한 실험을 통해 차의 전통을 개조하는 사람이며, 다섯 가지 감각기관 모두에 연결되는 일종의 새로운 차 체험 프로그램을 만들어내려고 노력 중이다.

사쿠라이 마노

자연에서 영감을 찾는 사쿠라이

새로운 창작을 할 때 사쿠라이는 계절에 대한 느낌을 매우 중시하며, 차의 맛을 통해 이를 직접 표현할 수 있기를 바란다. 지금은 곡우(穀雨) 무렵으로, 농사꾼들이 일을 시작하는 시기이다. 이때쯤이면 봄비가 만물의 성장을 촉진하고, 구름은 걷히었다가 펴지고, 안개비도 곧잘 부슬부슬 내린다. 사쿠라이는 이 계절의 맛에 대한 영감을 얻기 위해 자주 하늘을 올려다보는데, 그는 특정 계절의 느낌을 속세의 관점이 아니라 하늘의 관점에서 끄집어내려 한다. "하늘을 우러러보며 상상하는 차의 맛은 사람을 흥분시키다."고 그는 말한다.

사쿠라이는 이제껏 누구도 발을 들여놓지 못했던 분야를 탐구할 생각이며, 이를 위해 지금까지 단행한 실험 가운데 가장 대담한 실험을 곧 전개할 계획이다. 그는 뛰어난 맛이 아니라 이제까지 존재하지 않았던 새로운 차 맛을 만들어내려는 것이다. 만약 성공한다면 이 차는 마시는 사람에게 유체이탈의 경험을 제공할 것이고, 일상생활에서는 도달할 수 없는 미지의 영역으로 그를 안내하게 될 것이다. 그는 이것을 '새로운 핵심개념'이라고 부른다.

사쿠라이가 그리는 우주

그는 우주에 대해 고민하고 생각하는데, 우주라는 거대한 개념이 그를 매료시켰다. 우주는 끝없는 어둠이지만 별 하나만으로도 밝아질 수 있다. 우주는 영원하기에 사쿠라이 마노는 오래 여운이 남는 맛의 차를 만들고 싶다. 하지만 이 차는 무엇보다도 우선 반드시 맛이 있어야 한다. 사쿠라이의 대담한 혁신은 맛에 대한 그의 깊은 지식에서 시작되고, 광범위한 원료 선택과 그들의 정밀한 조합에서 완성될 것이다.

사쿠라이와 조수 요네리

실험이 시작되었다. 사쿠라이의 이 대담한 모험을 돕는 사람은 그와 의기가 잘 투합되고 지향하는 바가 같은 조수 요네리(米莉)다. 열네 살 때부터 요네리는 벌써 차에 빠졌는데, 그녀에게 차는 숙명적인 것이었다.

그들은 우선 봄을 대표할 수 있고 생명력 넘치는 녹차를 선택해서 기본 베이스로 삼는다. 그 다음 필요한 것은 배합용의 말린 재료들로, 두 사람은 이것들로 '우주(宇宙)의 맛'을 창조하려고 한다. 1g의 오렌지 씨앗은 우주의 기원을 상징하고, 0.2g의 라벤더와 벚꽃은 봄에 피는 꽃을 대표한다. 생강과 쑥, 그리고 말린 삼치를 계속해서 넣어 맛의 단계를 풍부하게 하고, 마지막으로 화성, 목성, 토성과 같은 색을 가진 꽃잎 0.2g씩을 첨가한다.

이 실험의 과정은 매우 까다롭다. 상상력을 동원하고, 수많은 시험을 지속하며, 모든 사소한 부분이 0.1g까지 정확해야 비로소 사람들이 놀라고 기뻐하는 맛을 얻을 수 있기 때문이다.

오렌지 씨앗

라벤더와 벚꽃

여러 행성의 색을 나타내는 배합 원료

정밀한 조절

'우주의 맛'을 향한 티 블렌딩

마침내 '우주 블렌딩 차'가 완성되었다. 모든 창작은 관중을 필요로 하는데, 마침 두 명의 호기심 많은 손님들이 마셔보고 싶어 안달이다. 사쿠라이는 그녀들에게 맛을 본 후 그 느낌을 말해달라고 부탁했다. 그는 차를 맛본 사람들이 자신이 차를 만들 때 머릿속에 떠올렸던 이미지, 즉 우주로 날아오르고 우주의 기원을 느낀다고 말해주기를 기다렸다. 그의 소원대로, 이 심상치 않은 차를 맛본 손님 중 한 사람은 "햇볕이 뜨겁게 내리쬐는 풀밭의 싱싱한 내음을 맡았다."고 하고, 다른 한 사람은 "광활한 공간의 생명력을 느꼈다."고 말했다. 말하자면 모두 우주를 맛본 셈이다.

제3부

경계를 넘어서는
변화와 포용

TEA
WITHOUT
LIMITS

시대를
끌어안다

풍토의 가치 말라위에서 온 잉글리시 브랙퍼스트

아프리카 남동부에 위치한 말라위는 상업적으로 차를 재배한 아프리카의 첫 번째 국가이다. 말라위의 고산지대에는 알렉산더 케이(Alexander Kay) 가족이 관리하는 장원인 사템와(Satemwa)다원이 있다. 이 장원은 약 2,000명의 직원을 고용하고, 1만 6,000명의 공동체를 부양하는데, 말라위에서 가장 오래되고 규모가 최고로 큰 다원 중 하나이다.

차를 따는 사템와장원 노동자들

사템와다원

말라위에서 차는 담배에 이어 두 번째로 큰 수출품이다. 그러나 말라위가 수출하는 차의 80%는 모두 저가의 티백이다. 반세기 이상 사템와다원은 낮은 등급의 홍차 티백을 기계로 생산해 왔다. 그들은 흔히 보는 홍쇄차 생산 기법인 CTC 즉, 자르기(cut)·찢기(tear)·말기(curl) 방식을 이용하는데, 이 방식은 전 세계 80%의 차 제조업체도 사용하고 있다. 많은 양의 차를 한꺼번에 만드는 과정에서 찻잎은 점점 더 작게 잘리고 찢긴다. 그 결과 더 빠르게 우릴 수 있으며 강한 맛이 난다.

기계를 이용한 홍차 제다

차 만드는 공장

그런데 최근 몇 년 동안 전 세계의 티백 가격이 계속 하락했다. 초대형 차 업체와 경쟁해야 하는 사템와는 규모에 한계가 있고 이익도 급감해서 난감한 처지에 빠졌다. "장사가 점점 어려워지고 있습니다." 알렉산더 케이는 생계 문제에 부닥쳤다. 그는 새로운 차를 연구 개발하려고 시험하기 시작했고, 더 많은 고객을 찾아내기 위해 그 샘플들을 전 세계 각지의 차 전문가들에게 보냈다.

헨리에타 로벨(Henrietta Lovell)은 차 회사 '레어티(Rare Tea Co.)'의 설립자인데, 사람들은 모두 그녀를 '티 레이디(Tea Lady)'라고 부른다. 그녀의 일은 전 세계를 두루 돌아다니며 세계 각지의 차농들로부터 직접 차를 구매하는 것이다. 그녀는 차 품평 전문가이면서 또한 독립 차 브랜드의 옹호자이기도 하다.

어느 날 사템와의 샘플이 헨리에타의 수중에도 배달되었는데, 이때부터 장원은 한 줄기 서광을 맞이했다. 말라위가 수출하는 대부분의 차 제품은 매우 저렴한 티백이기 때문에 이 고급차는 헨리에타에게 매우 의외였다. 사템와장원에서 온 차의 독특한 풍미가 헨리에타를 감동시켰다. 몇 주 후 그녀는 비행기를 타고 말라위에 도착했다. 알렉산더 케이를 만나 기존의 대량 생산 방식을 버리고 명품 수제차로의 변화를 맞이하도록 그를 설득할 수 있기를 기대하면서 말이다.

시장의 위축에 직면하여 다원에 새로운 변화가 필요하고 신제품도 필요하다는 건 알렉산더도 이미 잘 알고 있었다. 시장에서 더 높은 이익을 얻으려면 공업화된 저가의 기계 차 생산 방식에서 벗어나 고급 차의 연구 개발과 생산에 집중할 필요가 있었다. 고급 차의 이윤이 상대적으로 더 크기 때문이다. 헨리에타의 도착은 알렉산더에게 버틸 수 있는 자신감과 동력을 거듭 부여했다.

다원을 돌아보는 헨리에타와 알렉산더

차 한 잔

사템와다원은 다행히도 특이하고 다양한 풍
토를 가지고 있었다. 풍토란 토양의 pH 수
치, 경사도, 산과 강과 나무의 관계, 아침의
일조량과 각도, 일조의 시간 등을 포함한 지
역 고유의 환경 요소를 말하며, 이러한 모든
요소들이 땅의 특성을 만들어내게 된다. 사
템와에서 가장 높은 곳인 해발 약 1,200미
터 지대의 다원에서는 차나무가 천천히 자
라 차의 단맛이 더 높고, 낮은 지대의 차는
생장이 비교적 빠르며 상대적으로 맛이 더
싱겁다. 따라서 같은 다원이지만 기후의 차
이에 따라 여러 가지의 다양한 풍미를 낼 수
있다. 마치 포도주처럼 연도에 따라서도 차
맛에 미묘한 차이가 있을 수 있다. 헨리에타
는 사템와의 잠재력이 무한하다는 것을 예
민하게 알아차렸는데, 그녀는 여태껏 이렇
게 다양성이 풍부한 다원을 본 적이 없었다.

사템와다원

잉글리시 브랙퍼스트 블렌딩 실험

학교의 초등학생들

일반적으로 잉글리시 브랙퍼스트의 원료는 세계 각지에서 오는데, 서로 다른 차를 함께 블렌딩하고 다양한 풍격을 조화롭게 통일시킨다. 그러므로 단일 장원에서 오는 브랙퍼스트는 매우 드물다. 헨리에타는 사템와장원 전체의 정수를 모아 새로운 잉글리시 브랙퍼스트를 블렌딩할 계획을 세웠다. 단일 장원에서 나온 최초의 블렌딩 티를 만들자는 것이었다.

그러나 이 과정은 결코 간단한 것이 아니었다. 그들은 농도가 다른 사템와의 차들을 서로 다른 비율로 블렌딩하되, 그 결과물로서의 차탕은 반드시 순정하고 진해야 하며, 맛은 풍부해야 하고, 또 부드러운 우유와 함께 섞일 수 있어야 한다는 블렌딩 원칙을 세웠다. 베테랑 티 소믈리에인 치소모 쿠시톰이 핵심 블렌딩 작업을 담당했는데, 그는 거

의 20년 동안 사템와에서 일했으며, 그의 섬세한 미뢰는 차를 블렌딩하는 데 필요한 최상의 도구가 되었다.

결국 그들은 성공했다. 헨리에타는 이 단일 장원의 특별한 블렌딩 티를 '로스트 말라위(Lost Malawi)'라고 명명했다.

뭇 사람의 희망을 모았던 '로스트 말라위'는 현지인들의 생계가 달려 있는 상품이다. 사템와장원은 마을의 초등학교에 자금을 지원하여 수천 명의 어린이들에게 교육의 기회를 제공하고, 전문직 여성을 위해 탁아소를 설립하였으며, 또 훈련 기회도 제공한다. 사템와는 말라위에서 첫 번째로 고가의 명품차를 생산하는 장원으로 유형이 바뀌었는데, 변혁의 최전선에 있어 앞날이 매우 밝다.

헨리에타 로벨(Henrietta Lovell) 차 사업가

  "어느 날 저는 런던의 사무실에서 소포 하나를 받았는데, 바깥에는 이국적인 풍치가 충만한 우표가 가득 붙어 있고, 그 안에는 특색 있는 고급 산차의 작은 샘플이 동봉되어 있었습니다. 그것은 사템와장원에서 온 것이었는데, 저는 일찍이 이곳의 차는 모두 매우 싼 상업용 차이며, 모두 공업적으로 생산되어 티백에 담겨 있다고 순진하게 생각했습니다. 그런데 예상 외로 그것은 지극히 진한 홍차였습니다.

그것은 순정하고 진한 맛을 지닌 차로, 향기 역시 진하고 풍만하며 매우 단계적이었습니다. 전체적으로 무겁고 강한 느낌을 주어 저는 몹시 놀랐습니다. 저는 마음속으로 어쩌면 이것이 좋은 블렌딩 티를 위한 베이스가 될 수도 있겠다고 생각했습니다.
이 다원의 일부 토지에서 생산되는 차는 약간의 견과류 맛을 내고, 다른 토지에서 나는 차는 풍부한 캐러멜 맛을 냅니다. 우리는 풍만하고 풍부하며 신비롭고 놀라운 차를 만들 수 있죠!

저는 여태껏 이처럼 다양성을 지닌 다원을 본 적이 없습니다. 저는 이것이 이 가정과 이 토지와 이 사람들에 대한 일종의 증명서이고, 그들이 평범함을 달가워하지 않고 평범하지 않은 일들을 하고 싶어 한다는 증명이라고 생각합니다."

카일린 다원의 현장책임자

" 사템와가 저에게 힘을 주었습니다. 제가 만약 직업이 없다면 아이들을 학교에 보낼 수도 없었습니다. 지금은 저의 아이들이 저에게 학비와 용돈을 요구하면 그들에게 줄 수 있습니다. 제가 사템와에서 일하기 때문에 제 월급은 그들의 모든 요구를 충족시킬 수 있습니다. 이 모든 것이 사템와 다원이 저를 고용한 덕분입니다. "

본고장의 미래 탐색 서호용정의 진흥책 모델

항저우 통우마을(桐塢村)

롱우전(龍塢鎭) 통우마을(桐塢村)은 낭만적인 항저우(杭州)의 시후(西湖) 옆에 위치해 있다. 따뜻하고 습한 기후와 두꺼운 다공성 표토층이 이곳을 고품질의 녹차를 재배하기에 이상적인 땅으로 만들었다. 마을 주변에 길게 이어져 있는 언덕에는 울창한 다원이 펼쳐져 있다. 중국에서 가장 유명하고 가장 비싼 녹차인 서호용정(西湖龍井. 시후룽징)이 이곳에서 생산된다. 그러나 차 1kg 가격이 2만 위안(약 380만원)에 달하더라도 서호용정의 핵심 생산 지역은 지속 가능한 개발이라는 문제에 봉착해 있다. 황단리(黃丹麗)는 가문의 6세대 차 농부이자 서호용정의 수호자로, 위기에 처한 고향 차 산업의 미래에 대해 야심 찬 계획을 세우고 있다.

대부분의 중국 차 생산지에서 차나무는 11월부터 이듬해 2월까지 휴면기에 들어가고, 영양분은 차나무 뿌리에 저장된다. 3월부터 차나무는 휴면 상태에서 깨어나기 시작하는데, 뿌리에서부터 영양분을 흡수하고, 이러한 영양소는 곧 새싹과 잎에 집중된다. 청명(淸明, 4월 5일 또는 6일) 전에 부드러운 새싹을 따서 가공한 차는 맛이 깔끔하고 향이 강한데, 1년 중 가장 고급스럽고 가장 정교한 차가 이때 만들어진다. 차농들은 한 달도 채 되지 않는 이 짧은

용정의 새싹

채취 여부를 결정하기 위한 찻잎 크기 측정

수확기를 꽉 붙잡아야만 한다. 그들은 잠을 잘 겨를도 없이 분초를 다투어 청명 전에 따기를 마쳐야 한다. 이 봄차 수확기 20여 일 가운데 10여 일 밤을 꼬박 새워야 했던 황단리는 "이미 어릴 때부터 이렇게 살아왔다."고 대수롭지 않게 말한다. 그녀의 어머니 역시 "견뎌야죠, 반드시 견뎌야 합니다."라며 웃는다. 3월 중순부터 4월 중순까지의 한 달 수입이 기본적으로 차농의 1년 수입 전부여서 어쩔 수 없기 때문이다.

바쁘게 차를 따는 계절

용정의 새싹

찻잎을 딴 직후부터 찻잎 세포 중의 식물화합물과 효소는 공기 중의 산소를 만나 산화되어 비교적 강한 맥아 맛을 생성하고 또 탄닌의 떫은맛을 증가시키게 된다. 녹차를 만들기 위해서는 반드시 이 산화 과정을 조기에 억제해야 한다. 대부분의 중국 녹차는 기계로 덖어서 만들지만, 최고의 서호용정은 여전히 손으로 덖어서 만든다. 차를 덖는 것은 힘든 일이다. 차를 덖는 기술자는 뜨거운 솥에 찻잎을 던져 넣고 손으로 찻잎을 누르는데, 완전히 손의 감각에 의지해서 이 작업을 끝마쳐야 한다. 찻잎은 고온에서 살청되는데, 완전히 마르지는 않은 상태라 타지 않는다는 전제 하에 찻잎이 미묘한 견과류 맛을 내도록 한다. 이 과정에서 또한 찻잎이 부러지거나 혹은 휘지 않도록 매우 조심해야 한다.

용정차의 수제 제다

Legend of TEA

황단리의 아버지 황훙장(黃洪章)은 거의 50년 동안 제다에 종사했다. 견습생으로 시작하여 중국 10대 제다 명장 중 한 사람이 될 때까지 부지런히 일했고, 직접 고도로 전문화된 장인(匠人) 시대를 경험했으며, 자신의 모든 생애를 차에 바쳤다. 기계로 덖어서 만든 차는 결코 그가 요구하는 완벽한 정도에 도달할 수 없으므로 그는 또 마지막에 한 번 더 손으로 휘과(輝鍋)를 진행한다. 휘과는 서호용정 특유의 편평한 차 모양을 만들어내는 일종의 성형 공정이다. 이 과정에서 솥 바닥의 고온에 손을 데었지만, 그는 이런 것에 습관이 되었다. 요즈음 그는 젊은이들이 차 재배와 차 만들기의 수고를 감당하지 못하므로 어쩌면 머지않아 서호용정의 맥을 이을 사람이 없어지지 않을까 걱정이다.

차를 덖고 있는 황단리의 부친

사실 통우마을 차농들의 미래도 몹시 위태롭다. 쓰 촨이나 구이저우 등 다른 성에서는 상인들이 차 제조업체에 kg당 600위안(약 11만 원)만 내면 가 짜 '서호용정'을 구입하여 이익을 볼 수 있다. 통 우마을 차농들은 다른 지방의 이 저렴한 가짜 서호 용정과 경쟁할 수 없어서 많은 사람들이 차 농사 를 아예 포기했다. 황단리의 아버지는 젊은 사람들 이 대부분 집을 떠나 도시로 가서 생계를 꾸리기 때 문에 이미 "견습생도 없다."고 말한다. 그들은 차 를 만드는 것이 어려운 작업이고 또한 수익성이 없 다고 생각한다. 마을에서는 300여 가구가 차를 재 배해서 만들고 있는데, 고령화가 심각하여 대부 분 자신의 다원을 지키는 것만으로도 힘에 벅차다.

서른두 살의 황단리만이 고향으로 돌아왔다. 의학 을 전공한 그녀는 원래 제약회사에서 여러 해 동 안 일했다. 4년 전 아버지가 이미 나이가 들어 신체 가 허약해져서 더 이상 가족사업을 경영할 수 없다 고 말씀하셔서 황단리는 도시 생활을 포기하고 고 향으로 돌아와 고향의 용정차를 부흥시키기로 결 심했다. 황단리의 생각에는 귀향을 선택하는 것이 아주 자연스러운 일인데, 차가 이미 그녀의 핏속에 녹아 있기 때문이란다. 그녀의 어머니는 처음에 딸 이 도시에서의 일을 그만두고 집으로 돌아와 차를 만드는 것에 찬성하지 않았지만, 황단리는 어머니 에게 "걱정하지 마세요, 저는 괜찮아요."라고 말했 다고 한다.

차 따는 노인

황단리(黃丹麗)

❝ 저는 원래 의료업에 종사했습니다. 그러던 어느 날 갑자기 병이 생겨서 병원에 입원을 하게 되었는데, 제 인생을 좀 바꿔야 하지 않을까 하는 생각을 했습니다. 그래서 바로 회사를 그만두고 집으로 돌아와서 서호용정을 만들게 되었습니다.

서호용정은 우리 집안에서 대대로 내려오는 생업입니다. 우리 할아버지와 증조부 같은 어른들은 돌아가신 후 다들 우리 집 뒤에 있는 다원에 묻혔습니다.

저는 제게 이 일을 계속해야 할 책임이 있다고 생각합니다. 여섯 살 때 저는 어머니를 따라 다원에 가서 차를 따기 시작했고 제다 기구들을 보며 자랐습니다. 저는 부모님이 다예대회에 참가했을 때 그들을 응원하러 다녔습니다. 차는 제 혈액 속에 녹아 들어가 있습니다. 제가 가족의 사업을 잇는 것은 너무나 자연스러운 일입니다.

우리는 마을 단위로 차를 거두어들이는데, 아주 대단한 초제사(炒制師)들을 모십니다. 이 분들은 차를 만들고, 덖는 기술이 없는 사람들은 차를 땁니다. 마지막에 우리는 소득을 나누고 배당도 합니다. 그리고 마을 단위로 젊은이들 중심의 판매팀을 만들어서 온라인을 통해서 판매를 하고 있습니다. 이런 식으로 우리는 마을 단위의 브랜드를 만들었습니다. ❞

황단리의 서호용정 진흥 계획은 그녀의 가족뿐만 아니라 마을 전체를 대상으로 한다. 그녀는 생산 공정을 단순화하는 데 주력하고, 협동조합을 설립하고, 마을 단위로 찻잎을 수집한다. 누군가는 덖는 일을 전문적으로 맡고, 누군가는 따는 일을 전문적으로 책임지는데, 각자 맡은 바 소임을 다하여 효율성을 높인다. 동시에 그녀의 판매팀은 온라인에서 차를 판매하는데, 황단리는 봄마다 다원에 들어가 온라인 생방송을 통해 고객에게 봄 찻잎의 생장 상황을 알리고, 차농들이 차를 따는 장면을 촬영해서 보여주고, 대중들에게 서호용정의 진짜와 가짜를 구별하는 과학적 방법을 설명해준다.

택배 발송을 위해 차를 포장하는 황단리

황단리의 찻잎 수매

차에 대한 황단리의 열렬한 사랑과 활기찬 기업가 정신은 마을의 다른 사람들에게도 혜택이 되었다. 그녀가 고향에 돌아온 후 이 마을의 차 판매량은 두 배 이상 증가했다. 나이 든 차농들은 온라인 결제에 익숙하지 않기 때문에 황단리는 그들에게 바로 현금을 지불한다. 감사의 뜻으로 마을 사람들은 매일 아침 그들의 밭에서 신선한 과일과 채소를 따서 황단리의 집으로 실어나른다. 차농 거(葛) 할머니는 올해 80세가 넘어서 차를 덖을 수 없다. 하지만 아직 차를 딸 수는 있어서 매일 딴 찻잎을 모두 황단리의 집에 판매한다. 황가네의 차 수매 가격이 상대적으로 비싸기 때문이다. 거 할머니가 보기에 황단리는 마을 노인들의 생계 곤란을 해결해주고, 또 그들에게 희망을 주었다.

새로운 시장을 개척하기 위해 황단리는 전통에 집착하지 않기로 하고, 더 젊은 소비자를 끌어들이기 위해 차와 술을 결합하는 시도를 하고 있다. 차 문화 관광상품도 개발했다. 차 문화에 관심이 있는 도시 사람들을 유치하여 용정차 따는 과정을 직접 볼 수 있게 하는 상품이다.

용정차와 쿠앵트로(cointreau, 오렌지 술)의 배합

황단리는 차 관련 지식을 다음 세대에 전달하는 사명도 짊어지고 있다. 그녀는 차 지식을 전파하기 위해 서호용정 교육 과정을 개설했다. 수업에 참석한 대다수 학생들은 정통 용정차를 맛보는 것이 이번이 처음이다. 맛은 부드럽고 상쾌하며 섬세하다. 난초의 향기가 있고 진하고 달콤한 뒷맛도 있다. 풀 맛이나 쓴맛, 떫은맛은 전혀 없다.

청명을 앞두고 룽우춘(龍塢村) 마을 사람들이 모두 모였다. 차를 나누어 마시며 올해도 최고의 차를 딸 수 있도록 조상들에게 가호를 비는 의식을 진행한다. 황단리는 차밭에 묻힌 할아버지와 증조부를 기억하고, 이 가문의 소중하고 오랜 용정차 전통을 잘 이어갈 수 있도록 조상들이 힘을 모아 달라고 기도한다.

교육 중인 황단리

청명절에 조상께 바치는 용정차

햇빛에 비친 서호용정

서호용정의 이야기는 모든 전통차의 이야기이기도 하다.
수천 년 전통에 뿌리를 두고 있는 차 문화는, 그 안에 끊
임없는 혁신과 개량, 무한한 가능성을 열어두고 있다.
21세기의 차는 다시 새로운 여정을 시작한다.

이 책의 이야기들에서 우리는 차가 가진 힘을 보았다. 결속, 소통, 그리고 사랑을 이루어주는 차의 능력 말이다. 차에는 또 미학적인 내용도 포함되어 있으며, 차의 이런 힘과 미학은 직물처럼 종횡으로 뒤얽혀 있다. 게다가 차에는 신령스러움이 있어서 인간의 풍부한 정신세계를 더욱 살찌운다. 차의 향은 메신저처럼 다른 문화들 사이를 연결하고 서로 교류하도록 했다. 차는 혁신과 비즈니스의 원동력이 되고, 사람들의 생계수단이 되었다.

차를 사랑하는 사람은 자신감을 가지고 밝은 미래를 향해 성큼성
큼 나아간다. 앞으로 더 많은 이야기들이 다시 이어질 것이다.

책으로 만나는
최고의 티(tea) 다큐멘터리

차는 우리의 몸과 마음 그리고 영혼을 위한 양식이며 자연이 우리에게 준 위대한 선물이다. BBC가 제작한 다큐멘터리 〈One Cup · a Thousand Stories〉를 생생하게 책으로 엮은 《차 한 잔, 그 안에 담긴 수많은 이야기》는 이 신비하고 오묘한 음료의 정체가 무엇인지, 이 음료가 인류를 매혹한 힘이 어디에 있는지를 추적하고 있다. 또 끝없이 변화하는 21세기의 세상에서 차가 어떻게 진화하고 있는지 그 미래도 생생하게 보여주고 있다.

오늘날 우리나라에서도 차는 이미 우리 생활의 일부가 되었다. 하동이나 보성의 국산 차는 물론 세계 각지에서 생산된 다양한 차들이 사람들의 눈과 코와 입을 매료시키고 있으며, 젊은 층에서도 음다라는 하나의 거대한 트렌드를 형성하고 있음이 분명하다. 이 책은 이처럼 차에 매료된 이들에게 더 심오하고 실질적이며 도움이 되는 많은 이야기를 전해준다. 차가 인류의 삶에 미친 영향은 물론 어느 나라의 어떤 차들이 세계 각지에서 어떻게 소비되는지도 상세히 알려준다. 예술과 종교의 경지에 이른 음다 이야기도 있다. 이 이야기들은 우리의 상상과 상식을 넘어서는 흥미진진한 것으로, 차 한 잔에 얼마나 많은 이야기가 담겨 있는지 새삼 체험하는 계기가 되기에 충분하다.

한편, 차 산업에 종사하는 많은 이들은 사업적 어려움에 직면해 있기도 하다. 이 책은 그들에게도 새로운 비전과 전략의 일단을 보여줄 것으로 기대한다. 아마존과 아프리카를 포함하는 지구촌의 거대한 차 시장이 어떻게 돌아가고 성장하는지 알게 된다면 새로운 희망을 그릴 여지도 충분히 찾아낼 수 있을 것이다. 이 책이 그들에게도 도움이 되기를 기대한다.

BBC의 이번 다큐멘터리는 지금까지 나온 차 관련 다큐멘터리 가운데 최고의 작품으로, 우리나라의 KBS에서도 6부작으로 방영한 바 있다. 하지만 단 1회만 심야에 방영되어 충분히 많은 이들에게 시청의 기회가 주어지지는 못했다. 재방송도 없고 인터넷에서도 다시 보기를 찾을 수 없다. 이에 따른 아쉬움도 이 책을 통해 충분히 달랠 수 있으리라고 기대한다.

모쪼록 이 책이 차를 사랑하는 모든 이들에게 즐겁고 흥미로운 이야기를 들려주고 다음에 마실 차 한 잔의 색향미를 더욱 풍요롭게 해주기를 기원한다.

2023년 봄
공역자 조기정·둥팡후이

차 한 잔

그 안에 담긴 수많은 이야기

초판 1쇄 발행 2023년 4월 15일

지 은 이   미구咪咕
옮 긴 이   조기정·둥팡후이董功慧 옮김
펴 낸 이   김환기
펴 낸 곳   도서출판 이른아침
주   소   경기도 고양시 덕양구 삼원로63 고양아크비즈 927호
전   화   031-908-7995
팩   스   070-4758-0887
등   록   2003년 9월 30일   제313-2003-00324호
이 메 일   booksorie@naver.com

ISBN   978-89-6745-143-1 (03810)